Andrea de Haen

Nordportugal hautnah

Wie ein Auslandsaufenthalt mir neue Ideen und Impulse geschenkt hat

Autobiografischer Roman

Impressum

Bibliografische Information der Deutschen Nationalbibliothek: Die Deutsche Nationalbibliothek verzeichnet diese Publikation in der Deutschen Nationalbibliografie; detaillierte bibliografische Daten sind im Internet über dnb.dnb.de abrufbar.

ISBN 9783754354148

© 2022 Andrea de Haen

Herstellung und Verlag: BoD – Books on Demand, Norderstedt

Andrea de Haen, aufgewachsen in Frankfurt/Main, lebte mit ihrem Ehemann in München, bis sie 1999 entschlossen, einen Auslandsaufenthalt in Nordportugal zu wagen. 2002 kehrten sie nach München zurück, um 2006 erneut für zweieinhalb Jahre in dieselbe Region Nordportugals zu ziehen. Seit 2002 arbeitet die Autorin als Sprachtrainerin für Englisch und Deutsch. Heute lebt sie mit ihrem Mann in der Nähe von Erfurt.

Dieser autobiografisch grundierte Roman schildert einen Lebensabschnitt in Nordportugal von April 1999 bis Dezember 2001.

Die Namen der Personen im Roman sind bis auf meinen eigenen erfunden.

Für meinen lieben Ehemann, der mich in all der Zeit immer unterstützt und gefördert hat.

1. Im Flugzeug

1. April 1999

Als einer der ersten Passagiere im Bus darf ich aussteigen und auf dem Rollfeld die Gangway hinaufgehen. Es ist noch recht kalt und ich atme die frische Luft tief ein, beim Ausatmen wird mein Atem sichtbar. Ich erahne: „Dies ist ein spezieller Moment. Den will ich jetzt genießen." Am Eingang zum Flugzeug zeige ich meine Bordkarte vor.

„Nach Porto?", werde ich gefragt. Ich nicke, gehe langsam durch den Gang und nehme auf meinem Fenstersitz Platz. Ich kann kaum atmen, so aufgeregt bin ich. Mein Herz scheint wesentlich schneller zu schlagen als sonst. Ich spüre, dass dies der Beginn meines Abenteuers ist.

Auf dem Fensterplatz fühle ich mich geschützt, während die anderen Fluggäste noch durch den Gang eilen und mit ihrem Gepäck den Gang versperren. Wenn ich hinausschaue, sehe ich die Männer die Koffer ins Flugzeug einladen. So langsam werden die Plätze neben mir eingenommen. Ich drehe mich um. Ja, die Maschine ist fast voll. Neben mir sitzen wohl Touristen. Sie scheinen sich auf ihren Urlaub zu freuen, denn trotz der frühen Uhrzeit lächeln sie leicht. Bin ich auch ein Tourist oder eher nicht?

Nun sind wir startklar, die ersten Videos zu Informationen über die Sicherheit werden gezeigt. Wir rollen langsam los. Der Weg zur Startbahn erscheint mir lang. Wollen wir den ganzen Flughafen abfahren? Ungeduldig warte ich auf das Abheben.

Eine Ansage vom Piloten erfolgt, die Freigabe zum Abheben ist da. Es geht los. Wir werden in den Sitz gepresst und das Flugzeug steigt langsam auf. Ich sehe die Stadt München unter mir kleiner werden.

Ich bin schon oft geflogen und habe vieles entdeckt, aber diesmal soll es eine ganz andere Reise werden. In knapp drei Stunden werde ich in eine ganz neue Welt eintauchen, die mir nur ein bisschen bekannt, aber zum großen Teil noch ganz fremd sein wird.

Obwohl es noch früh am Tage ist und ich kaum geschlafen habe, ist mein Geist ganz wach und meine Gedanken kreisen. Ich schaue von oben über das Land, kann aber nicht viel erkennen. Wir fliegen durch die Wolken und gewinnen weiter an Höhe.

Was ist geplant? Ich werde dort leben. Drei Jahre sind vorgesehen, erstmal und dann werden wir sehen. Ich bin mitten in der Stadt geboren und habe auch jetzt bis vor kurzem in der Stadt gelebt, aber jetzt soll es sozusagen aufs Land gehen. Ob mir das gefällt? Vielleicht ist das schwierig. Oder auch schön, in die Natur schauen zu können? Viele Fragen, aber auch Neugier macht sich breit.

Mein neues Heim wird in einem Dorf, 25 Kilometer entfernt von Porto, in Nordportugal liegen. Da darf man ruhig aufgeregt und unruhig sein. So einiges geht mir durch den Kopf, aber ich bin froh, jetzt endlich diesen Punkt der Abreise und Ankunft zu erleben. Noch befinde ich mich dazwischen ... und versuche, meinen Aufenthalt an Bord zu genießen.

Ich schaue zum Fenster hinaus und sehe, dass wir uns über den Wolken befinden. Wo sind wir genau? Ich kann nichts mehr erkennen und nicke leicht ein.

2. Wie alles begann

-Herbst 1998-

Wieder einmal steige ich aus der U-Bahn und trödele ein wenig auf dem Weg zur Zweigstelle. Heute ist Montag und ich bin nicht gut drauf. Die Übernahme unserer Bank durch unseren größten Konkurrenten ist ein Fakt, den ich erstmal verdauen muss. Vor ein paar Tagen habe ich diese Neuigkeit tatsächlich aus dem Radio erfahren, das muss man sich mal vorstellen.

Zu viele Dinge haben sich seit der Ankündigung verändert und mir schwant, dass sich meine bisherige Stellenbeschreibung noch gravierend verändern wird, und zwar nicht zum Positiven. Leider. Aber eigentlich habe ich gar keine Lust, in dieser Fusionsphase lauter neue Themen zu lernen und mich völlig umzustellen. Ob es noch andere Möglichkeiten in meinem Leben gibt, sich zu verändern? Das geht mir immer wieder durch den Kopf. Veränderungen habe ich vorher auch schon einige erlebt.

Mein Umzug nach München vor ein paar Jahren lief gut. Ich war ganz aufgeregt, als sich dies tatsächlich umsetzen ließ. Aus dem München, das ich vorher nur von Geschäftsreisen kannte, wurde meine neue Heimat. Ich bekam viele neue Eindrücke, entdeckte die verschiedenen Stadtviertel mit ihren Eigenheiten und Besonderheiten und genoss die Vielfalt der kulturellen Angebote. Das oberbayerische Umland gefiel mir besonders gut, bot es doch immer wieder wunderschöne Erlebnisse bei Ausflügen und Aufenthalten vor Ort.

So viel hatte ich von München und Umgebung kennengelernt und auch Freundschaften geschlossen. Aber die tägliche Routine stellte sich wieder ein und manchmal kam mir schon der Gedanke, dass ich nicht bis zur Rente in die gleiche Zweigstelle laufen möchte.

„Da muss es doch noch mehr geben, irgendetwas Neues", dachte ich immer mal.

Ausgelöst durch diese neue Entwicklung, entstand langsam Handlungsbedarf. Wieder einmal in meinem Leben. Das fühlte ich.

Früher träumte ich immer mal davon, ins Ausland zu gehen. Reisen sind eine Sache und ich hatte auch schon viele Länder gesehen sowie einige Kulturen näher kennengelernt, aber dort zu leben, das wäre eine ganz andere Sache. Und auch eine enorme Herausforderung. Einfach nochmal eine ganz neue Erfahrung.

Ob jetzt der richtige Zeitpunkt sein könnte, alte Träume umzusetzen? Zumal ich einen Partner kennengelernt hatte, mit dem sich das möglicherweise umsetzen ließ. Vielleicht. Denn was dachte mein Ehemann Richard darüber? Das musste ich herausfinden. Aber gleich heute Abend? Ich lief aufgeregt vom Bus nach Hause. Das musste jetzt einfach mal angesprochen werden.

Später im Bett kam ich zur Ruhe und dachte über die neue Entwicklung nach. Ja, es hatte tatsächlich ein längeres Gespräch über neue Möglichkeiten gegeben. Er war nicht abgeneigt! Das war mehr, als ich erwartet hatte.

Eines Tages im November 1998 kam er nach Hause und berichtete: „Ich hab' ein Angebot am Anschlagbrett in der Kantine entdeckt. Es wird ein Testingenieur für einen dreijährigen Aufenthalt in der Nähe von Porto, Nordportugal gesucht."

„Tatsächlich?", fragte ich interessiert. „Dann könnten wir ja mal schauen." Plötzlich flammte auch Interesse seinerseits auf. Könnten wir der Sache näherkommen? Ich konnte es kaum glauben. Portugal? Beide waren wir noch nie in dem Land gewesen. Könnte das interessant sein?

„Es ist nicht zu weit weg, auch noch in Europa, also was soll da schief gehen?", überlegte er.

„Gut, die Sprache müsste man lernen, aber die Kultur ist sicher nicht so anders als bei uns. Denn schließlich gehen wir ja nicht nach Japan oder Korea, wo die Kultur ganz fremd ist", erwiderte ich.

Das könnte wirklich spannend und interessant für uns sein. Sein Abenteuergeist schien ebenfalls ordentlich ausgeprägt, das wurde mir jetzt klar. Der Aufenthalt würde begrenzt sein, aber lange genug, um viele Eindrücke sammeln zu können.

„Ich würde weiterhin für die gleiche Firma arbeiten". Das klang gut.

„Dann kann immer Kontakt nach München bestehen, quasi wie eine Reise ins Ungewisse, aber mit Rückkehrgarantie."

„Das sehe ich genauso", meinte Richard.

Die nächste Nacht konnte ich nicht schlafen, so vieles ging mir durch den Kopf.

Die Dauer des Abenteuers würde im Vorhinein definiert sein, monatliche Gehaltszahlungen wären gesichert und im Notfall könnte man auch schnell wieder zurückkommen. Sicher, mein Gehalt würde wegfallen, aber wir waren beide optimistisch und uns einig - das würde schon klappen. Neugier und Mut überwogen die Zweifel.

Doch wie gut waren seine Chancen auf den Job? Von der Stellenausschreibung war Richard jedoch schnell überzeugt.

„Da könnte ich gut hineinpassen, das könnte klappen, zumal die Anforderungen nicht zu hoch sind."

Nach seiner ersten Zeit als Ingenieur nun ein neuer Schritt? War dies eine gute Gelegenheit für ihn, Berufserfahrung im Ausland zu sammeln? Ja, das klang alles passend.

Ein paar Tage später läutete das Telefon. Ich war gerade nach Hause gekommen und nahm ab - der deutsche Abteilungsleiter aus Porto war dran - und wollte Richard sprechen. Prima, er müsste schon im Treppenhaus sein. Ich stürzte zur Tür, riss sie auf und rief nach unten: „Beeil dich, Porto ist am Telefon!" Also ein telefonisches Bewerbungsgespräch? Erstaunlich, das ging ja alles richtig schnell.

„Ja, tatsächlich, wir sind uns schon aus der Ferne einig geworden, ein paar Dinge müssen noch geklärt werden", freute sich Richard nach dem Telefonat.

Wir waren beide ganz aufgeregt. So einfach sollte es sein? Doch wirklich, nach nur zwei Wochen hatten wir die Zusage! Der Start für den Wechsel sollte im April sein.

Jetzt war es also soweit, die Entscheidung war da. Ich reichte im Dezember 1998 die Kündigung ein, empfand Zufriedenheit und Glück, aber auch etwas Beklommenheit. Bis Ende März würde ich noch weiterarbeiten. Nun denn.

Doch wie ging es weiter? Im Januar sollte es einen einwöchigen Orientierungsaufenthalt in Porto und Umgebung für uns geben. Na, da waren wir mal gespannt.

Wir konnten jetzt anfangen, erste Vorbereitungen zu treffen. Wie geht man vor? Ich erstellte Checklisten, Umzugslisten und machte mich gleich an die Arbeit. Behörden anschreiben, Versicherungen kontaktieren und vieles mehr. Alles kam uns sehr spannend vor.

Und die Sprache? Ja, da mussten wir sofort tätig werden. Mindestens zweimal die Woche würden wir Portugiesisch lernen (die Firma von Richard bezahlte das) – das wurde jetzt abends nach der Arbeit Pflicht für uns. Wir suchten eine Sprachschule im Zentrum von München aus und dann ging es los.

Ein Professor aus *Coimbra* brachte uns die Grundlagen bei. Er sprach sehr deutlich, war recht freundlich, versicherte jedoch stets: *„Ninguém disse que seria fácil"* (Niemand sagte, dies werde leicht werden).

Er benutzte eine der vielen Konjunktive, die wir später noch lernen sollten. Es hat uns Spaß gemacht und wir wussten ja auch, wofür wir das machten. Es erschien uns sehr schwierig, diese Sprache zu lernen, aber auch interessant.

Wir fingen an, uns zu freuen, manchmal mehr, manchmal weniger. An anderen Tagen konnte ich es gar nicht glauben, dass wir das wirklich machen würden. Zweifel oder Angst fühlte ich fast gar nicht, mein Traum schien sich tatsächlich zu erfüllen. Ich war neugierig, wie es wohl sein würde, ein fremdes Land und seine Bewohner jeden Tag vor Ort zu erleben und kennenzulernen. Im Geiste sah ich mich vor Ort irgendwo arbeiten. Könnte ich vielleicht neue Berufsfelder kennenlernen? Oder würde ich einfach nur glücklich vor meinem Milchkaffee im Café sitzen und die Leute beobachten? Man könnte jede Menge neue Leute kennenlernen. Mal sehen.

Einige Leute fanden meine Idee, plötzlich einen gut bezahlten Job zu kündigen, befremdlich. Ins Ausland zu gehen, erschien den meisten ein sehr seltsames Ansinnen zu sein. Aber ich fühlte mich in Deutschland nicht zu tief verwurzelt.

Wichtiger erschien mir mein neues Abenteuer. Deutschland und meine Kontakte würden mir zwar fehlen. Aber wohl nicht zu sehr.

Aus meiner Sicht gab ich nicht viel auf, ich konnte ja auch immer wieder herkommen, Besuche machen und auch später wieder zurückkommen. Auch hatte ich während meiner Zeit hier erfahren, dass das Leben in München doch recht teuer ist und man sich daher auch nicht immer alles leistete, was man sich gerne gewünscht hätte.

„Also ein idealer Zeitpunkt zum Wechsel?" Richard dachte genauso. Für uns beide schien es das jetzt wohl zu sein.

Als Beginn für unser Abenteuer wurde der 1. April 1999 festgesetzt.

3. Der Orientierungstrip im Januar

Eine einwöchige Reise Anfang Januar auf Kosten von Richards Firma hatte den Sinn, uns Portugal näher zu bringen. Die Idee hörte sich faszinierend an. Eigene Eindrücke vor Ort sammeln zu können, was für ein interessanter Gedanke. Nachdem wir beide Portugal noch nie bereist hatten, war dies sicher sinnvoll und notwendig. Wir hätten da quasi noch absagen können (was wir natürlich nicht vorhatten). Außerdem sollten noch weitere Gespräche mit Richard über den Job vor Ort geführt werden. Wir kauften gleich mehrere Reiseführer und bewunderten die farbenprächtigen Bilder.

Die Reise wurde durch Richards Firma für uns gebucht, wir machten uns ans Packen. Schnell kam die Abreise.

Unsere erste Reise nach Portugal Mitte Januar 1999 gestaltete sich jedoch etwas anders, als wir es uns vorgestellt hatten.

Zuerst genossen wir unser Flugerlebnis. Die Reise ging an einem Sonntag von München nach Porto über Zürich los. Wir fuhren mit der S-Bahn zum Flughafen und waren guter Stimmung. Beim Einchecken wurde uns bewusst, dass wir das Privileg hatten, in der Business Class zu fliegen. Dies war wohl durch einen Zufall für uns gebucht worden. War das eine positive Überraschung! Wir saßen im Mittelteil der großen, fast leeren Maschine in der Business Class und genossen die aufmerksame Bedienung. „Da kommt man sich doch gleich wie ein wichtiger Gast vor", meinten wir beide.

Als uns dann noch der Flugkapitän die Hand schüttelte und fragte, ob wir uns an Bord wohl fühlten, war unsere Verwunderung komplett. Wie wir später herausfanden, wurde uns diese Ehre deshalb zuteil, da die Fluglinie vorher Probleme bekommen hatte und so die Passagiere danach besonders hofiert wurden.

In Zürich hieß es dann umsteigen. Wir schlenderten durch den Flughafen und betrachteten die luxuriösen Geschäfte. Ich schaute auf die Uhr, es war gleich Zeit zum Einsteigen. Weiter ging es mit einer kleineren Maschine direkt nach Porto. Auch hier gab es wieder einen sehr netten Service, ausreichend Getränke und richtig leckere Menüs. Die Business Class war hier etwas kleiner, aber dennoch sehr angenehm. Wir hatten viel Platz zum Vordermann und man konnte sich entspannt zurücklehnen. Alles in allem war dies eine Flugreise, die uns definitiv in äußerst positiver Erinnerung bleiben würde. Ich schaute aus dem Fenster. Unsere neue Heimat rückte näher. Eine hügelige Landschaft mit vielen kleinen Ortschaften war zu sehen. Das war wohl eine recht dicht besiedelte Gegend, so sah es von hier oben aus. Das Flugzeug drehte. Nun funkelte es und das Meer kam in Sicht. Wir flogen über einige Dörfer und schon setzte die Maschine auf.

Gleich bei unserer Ankunft waren wir vom Wetter recht überrascht. Wir hatten uns Sonne, etwas südliches Ambiente und einige Grad wärmer als in München vorgestellt. Tatsächlich jedoch waren es ca. acht Grad, der Wind fegte kräftig und der Regen peitschte seitlich gegen den Körper. Nun ja, wir hatten warme Jacken dabei, also los ging's.

Vom Flughafen fuhren wir mit dem Mietwagen in einer 30-minütigen Fahrt ins Zentrum von Porto. Viele Pinien, Tannen, Zedern, ebenfalls ein paar Palmen, die im Wind wackelten, wurden vom Auto aus sichtbar. Dies waren unsere ersten Eindrücke. Ein paar kleine Ortschaften rauschten an uns vorbei, diese wirkten auf den ersten Blick recht landwirtschaftlich geprägt, einige Bauernhöfe waren zu sehen. Im Hintergrund wurde die Landschaft zunehmend hügelig.

Wir kamen näher an die Stadt Porto heran. Viele Fahrspuren und Kreisel galt es zu überwinden. Wir merkten schnell, dass der Verkehr hier etwas anders funktionierte. Man musste ziemlich aufpassen und viele Fahrer schienen recht unsicher zu sein. Schließlich bogen wir in eine große Allee ein und parkten vor unserem Hotel. Hier hegten wir große Erwartungen, war doch dies ein Vier-Sterne-Hotel. Im Prospekt hatte gestanden: „gehobene Kategorie."

Beim Eintritt in die Lobby registrierten wir, dass dies wohl noch eine ganz andere Art von Hotel war, als wir es aus Deutschland oder aus anderen Ländern gewöhnt waren. Die Möbel waren altertümlich, die Atmosphäre insgesamt etwas verstaubt und alles wirkte irgendwie unmodern.

An der Rezeption kamen wir einigermaßen mit unserem Englisch klar, vermissten aber ein freundliches Willkommen. Wir gingen aufs Zimmer. Dies war in Ordnung, aber nichts Besonderes, auch hier herrschte ein eher düsterer Möbelstil vor.

Am nächsten Morgen fasste ich den Entschluss, im Pool schwimmen zu gehen. Also auf ins Fitnesscenter im Untergeschoss, dort sollte das Schwimmbad integriert sein. Ich ging durch den Eingang zur Damenumkleide und begann, mich umzuziehen. Eine Angestellte fand mich in den Umkleideräumen, packte mich sozusagen am Kragen und schleppte mich zur Rezeption.

"Das kostet extra", wurde mir erklärt. Es gab sodann eine hitzige Diskussion (in Englisch) um den Preis der Poolnutzung.

Nach längerer Beleuchtung der Argumente von beiden Seiten stellte sich heraus, dass in unserem Hotelzimmer (dies war wohl eine einfache Kategorie) kein Schild mit den erforderlichen Gebühren vorhanden war. Demnach konnte ich nicht wissen, dass das Fitnesscenter wie auch das Schwimmbad kostenpflichtig ist.

Zu meinem Schwimmerlebnis bin ich dennoch gekommen, auch kostenfrei. Ich kann aber auf jeden Fall sagen, dass ich von dieser doch recht barschen Art, wie hier die Gäste behandelt wurden, überrascht war, und wunderte mich etwas. So lernten wir schon zu Beginn unserer Reise, dass sich der Servicegedanke hier in den Hotels wohl noch nicht so durchgesetzt hatte.

Nun ging es zum Frühstück. Auch hier warteten Überraschungen auf uns. Von Vielfalt war hier keine Rede, es gab eine Schinkensorte und zwei Sorten Käse, Butter und Brot sowie heiße Getränke. In einem Vier-Sterne-Hotel, so hatten wir erwartet, wird aufgetischt und man kann in Ruhe am Buffet schlemmen. Aber gut, wir nahmen uns von der Speisenauswahl und setzten uns in die bequemen Lehnsessel.

In diesem großen Speisesaal war wieder eine etwas düstere Atmosphäre zu bemerken, nichts Fröhliches, die alten Möbel taten ihr Übriges. Aber was war das? In der Ecke am Eingang hatte man große Palmen aufgebaut. Das wirkte dann wieder südlich.

Wir aßen schnell unser Frühstück und machten uns auf, Weiteres zu erkunden. Dies war unser erster Morgen im Hotel und wir hatten andere Erwartungen an die Hotels vor Ort gehabt. Aber die Palmen und die gediegenen Möbel vermittelten auch etwas Antikes, ein Bild aus früheren Zeiten sozusagen. Es schien so, dass im Hotelgewerbe 1999 noch ein alter Wind aus früheren Zeiten herrschte. So etwas Ähnliches hatte der Reiseführer auch erwähnt.

Die Lage des Hotels war gut, man konnte zu Fuß zu einem Bahnhof gelangen, um den Zug in die Außenbezirke zu nehmen. Der Einsatzort von Richard sollte in *Vila do Conde* liegen, dies lag ca. 25 Kilometer nördlich von Porto. Die Fabrik befand sich ca. drei Kilometer daneben in einem kleinen Ort namens *Areia* im Bezirk *Arvore*. Der Zug dahin brauchte ca. 40 Minuten, hatten wir aus Informationen gehört und würde oft zwischendurch anhalten.

Doch heute konnten wir erstmal unseren Mietwagen nutzen und die geschätzten 30 Minuten bequem nach *Areia* zurücklegen. Also machte sich Richard auf und fuhr erstmal alleine dorthin, um Gespräche über seinen neuen Job zu führen.

Nun war ich gespannt, die Stadt zu erkunden. Ich ging am späten Morgen los und erkundete das Zentrum. Es regnete immer noch, die Nässe kroch förmlich in meine Jacke und ich fror. Etwas zum Aufwärmen wäre jetzt gut. Ich ging in eine Bar und bestellte mir einen Kaffee. Dieser kam als kleiner Espresso und schmeckte sehr gut. Ich war überrascht, dass so viele Bars nebeneinander existierten. Also konnte ich später immer mal etwas trinken gehen, ging mir durch den Kopf, dies schien wohl kaum ein Problem zu sein. Und die Preise. Dieser Espresso kostete umgerechnet ca. 60 Pfennig, denn hier hatte man ja den portugiesischen Escudo.

Ich probierte meine Sprachkenntnisse beim Bestellen aus und wurde prompt herb enttäuscht. Im Hotel hatte ich ja noch Englisch sprechen können, aber hier musste ich Portugiesisch sprechen. Englisch oder gar Deutsch sprach hier niemand. Man verstand mich nicht und leider verstand auch ich nichts. Es wurde so undeutlich gesprochen und dann noch ein Akzent. „Das konnte ja was werden", dachte ich laut.

Dieser Besuch in der Bar war auch das erste Mal, dass ich feststellte: „Hier gibt es ja keinerlei Heizung in den Räumen."

Deshalb also saßen die Leute alle im Mantel in der Bar. Seltsam. Ich ging wieder vor die Tür. Wieder der starke Wind. Ich beobachtete die Leute. Jeder schaute zu Boden und hastete schnell weiter. Die etwas grauen Fassaden mit ihren schmalen Gassen in der Altstadt von Porto wirkten zudem dunkel und bedrückend. Doch das lag sicher nur am Wetter. Ich wollte mich nicht gleich unterkriegen lassen. Alles war sehr spannend und ich schaute mir die Fassaden näher an. Eine Kirche mit Kacheln außen kam in Sichtweite. Total interessant. Ich ging nach innen und setze mich einen Moment hin. „Schön, dass die Kirchen hier überall offen sind", murmelte ich laut vor mich hin.

Doch ich wollte weiter. Es gab kleine und große Gassen mit vielen kleinen Läden, die wohl teilweise bis heute überlebt haben. Ich staunte über die ungewohnte Vielfalt der Angebote.

Dann wieder schlenderte ich durch große Alleen mit schönen Bäumen, mache waren mit immergrünen Zedern oder Kieferbäumen gesäumt. Das war das Angenehme neben der grauen Witterung: Nadelbäume und ab und zu eine Palme hinterließen einen südlichen Eindruck. Die Gärten der Bewohner boten viele Grünpflanzen unterschiedlichster Art und wirkten dadurch weniger kahl als die

Gärten im Winter in Deutschland. Also doch ein Lichtblick: Die Vegetation hier im Winter schien deutlich positiver zu sein als zu Hause.

Ich hatte vorher den Porto-Reiseführer genau studiert und wusste nun genau, was ich sehen wollte. Im Herzstück der Stadt, welches neben dem Rathaus einen Fußgängerbereich zum Einkaufen sowie eine schöne alte Markthalle umfasst, lagen interessante und historisch bedeutende Bauwerke sowie einige sehr prachtvoll ausgestattete Kirchen, hatte ich gelesen. So auch die Börse, welche in einem sehr schönen Gebäude untergebracht war, schrieb der Reiseführer. Das schaute ich mir alles an. Ich war beeindruckt. Die große Markthalle im Zentrum der Stadt hatte es mir besonders angetan. Ich lernte, dass es diesen Markt jeden Tag gibt. So würde ich noch öfter herkommen können. Diesen wollte ich jetzt näher betrachten.

Es gab im Erdgeschoß Wurstwaren, Käse, viel verschiedenes Obst und Gemüse, aber auch jede Menge Souvenirs zu bewundern. Die Stände befanden sich direkt nebeneinander und die Waren wurden attraktiv präsentiert. Wieder luden viele kleine Bars in freien Ecken zum Verweilen ein. Das gefiel mir sehr. Hier herrschte Leben. Eine geschäftige Atmosphäre und viele Kunden machten den Platz zu einem sehenswerten Ziel im Zentrum. Mein Blick ging nach oben. Dort ging es ja weiter, merkte ich.

Ich stieg die breite Treppe nach oben und entdeckte im Obergeschoss etwas Kleidung, Wein, andere Haushaltsartikel, daneben Schuhe zum Verkauf, alles hübsch präsentiert. Wieder zwei kleine Bars, von wo aus man den Blick auf das Treiben unten genießen konnte.

Sehr interessant das alles hier, ging es mir durch den Kopf. Ich spazierte noch etwas entlang, entschloss mich aber nun, Weiteres zu entdecken und nach unten zu gehen.

Zum Glück hatte mir der Reiseführer gute Informationen geliefert und ich wusste, dass sich die meisten Sehenswürdigkeiten gut zu Fuß erkunden ließen. Ich konnte ebenfalls einen ersten Eindruck von den kunsthistorisch wichtigen Kirchen gewinnen.

Im Sommer könnte der Innenstadtbereich sicher sehr lebhaft sein, mit vielen Touristen und Einheimischen, so mutmaßte ich. Jetzt im Januar hingegen stellte sich das Ganze doch ein bisschen trostlos dar. Jeder huschte in seiner dunklen, meist schwarzen Kleidung schnell durch die Straßen.

Ich fand ein Tourismusbüro und hoffte auf viele und umfangreiche Informationen. Ich ging hinein und fragte in meinem mageren Portugiesisch: „Haben Sie Informationsmaterial oder Flyer über die Sehenswürdigkeiten in Porto?"

„Nur diese kleine Broschüre, das ist alles." Also eine zweiseitige Broschüre mit wenig konkreten Tipps, das sollte genügen, nun ja. Ich ging wieder nach draußen. Andererseits war dies vielleicht ein Reiseziel, welches noch nicht so vermarktet und überlaufen ist.

Die Stadt wirkte wie eine noch nicht entdeckte Touristenattraktion und man bot nicht besonders viel Informationen an, im Vergleich zu anderen Städten Europas, so erschien es. Ich habe allerdings auch nicht viele Touristen hier im Winter gesehen, muss ich gestehen. Dabei waren die Sehenswürdigkeiten durchaus sehenswert, fand ich.

Ein weiteres wichtiges Zentrum der Stadt lag unterhalb der berühmten Brücke, der *Ponte Dom Luís I,* das Flussufer, genannt die *Ribeira,* konnte ich dem Reisebuch entnehmen. Schön zum Flanieren, mit Wohnhäusern, Restaurants und von Läden gesäumt, stellte ich fest. Das sollte der nächste Höhepunkt sein, so hatte auch die Informationsbroschüre der Touristeninformation berichtet. Diese Hafenpromenade am Fuße des *Douro* war damals noch im ursprünglichen Zustand. Das bedeutete: kleine alte Häuser, eng aneinandergeschmiegt, enge Gassen, teilweise etwas heruntergekommene Fassaden, und ganz viel Wäsche auf Wäscheleinen, die über die Straße gespannt waren, selbst bei Regen.

Dies wirkte zwar auf den Touristen recht romantisch, aber das Leben in diesen einfachen Wohnungen in den wohl nie sanierten Häusern bot sicher schwierige Lebensbedingungen für die Einwohner, sinnierte ich. Ich schlenderte entlang, so gut dies bei dem Regen ging und machte mir so meine Gedanken über die Bewohner. Was für ein Unterschied zu unseren Wohnverhältnissen zu Hause. Aber ich muss zugeben, es war sehr interessant anzusehen und faszinierte mich. Als Nächstes konnte ich mich wieder in einer Bar bei einem Tee entspannen und erneut feststellen, dass Getränke hier wirklich noch günstig waren.

Weiter ging es mit dem Stadtrundgang: Der Blick schweifte sodann vom Ufer auf die andere Seite des Flusses nach *Vila Nova de Gaia.* Dort lagen Portweinboote, kleine alte Häuschen bevölkerten die Promenade, weiter oben hangaufwärts hingegen wurden Neubauten sichtbar. Dazwischen lugten kleine Palmen hervor, weiter oben waren wohl immer wieder Portweinkellereien (hier sah man langgezogene, größere Gebäude) zu sehen sowie zweistöckige Wohnhäuser. Was für ein schönes Fotomotiv! Ich fühlte mich glücklich! Ich spürte den Wind im Gesicht und konnte diesen Anblick ganz in Ruhe in mich aufnehmen.

Es war so ganz anders als die Städte, die ich kannte. Manches erschien malerisch und dabei auch altmodisch, manch andere Straßenecke wurde von neueren, teilweise auch unschönen Bauten geprägt. Vieles war noch nicht renoviert und saniert worden, das konnte man sehen. Alles in allem hatte ich immer wieder den Eindruck, dass die Zeit hier an manchen Stellen einfach noch stehen geblieben war, was natürlich auch ungeahnte Blicke in die Vergangenheit erlaubte und an manchen Stellen, wie dem berühmten Bahnhof *São Bento* mit seinen Kacheln, wahre Schätze barg und auf noch viele interessante Entdeckungen für die Zukunft schließen ließ.

Nach den vielen neuen Eindrücken wurde ich müde und machte mich auf den Weg zurück ins Hotel zum Ausruhen.

Das Hauptverkehrsmittel war damals der Bus, allerdings ohne feste Zeiten und Hinweise an der Haltestelle, man wartete einfach!

Das tat ich dann auch. Als der Bus endlich kam, stieg ich ein und erlebte etwas recht Unvorhergesehenes. Auf der Heimfahrt zum Hotel stand ich auf, bereit zum Aussteigen, die Tür ging auf, plötzlich stolperte ich die Treppen hinunter und stürzte beim Aussteigen auf mein Knie. Der Bus fuhr weiter und ich rappelte mich auf. Der Schmerz schoss mir durch das ganze Bein. Das werde ich dann wohl mal anschauen lassen müssen, ging es mir durch den Kopf. Sofort kamen Leute und fragten, ob sie mir helfen konnten. So verstand ich zumindest ihre Gesten. Ich schüttelte den Kopf, freute mich aber über ihr Interesse.

Im Hotel fragte ich nach und man empfahl mir gleich in der Nähe ein paar Häuser weiter einen Doktor. Ich ging gleich los. Auch hier bemerkte ich wieder antikes, etwas heruntergekommenes Mobiliar und eine ziemlich düstere Atmosphäre. Ich setzte mich in ein kleines Wartezimmer und wartete auch nicht lange. Ich wurde hineingebeten. Es war ein kleines Sprechzimmer. Schnell fand ich im Behandlungsgespräch heraus, dass der Arzt außer Portugiesisch nicht wirklich in Englisch oder Deutsch mit mir kommunizieren wollte. Meine portugiesischen Grundkenntnisse reichten aber für eine sinnvolle Verständigung noch nicht aus. Trotzdem klappte es irgendwie. Ich wurde versorgt, es war nichts Schlimmes und die verordnete Salbe half schnell.

Richard berichtete von seinem Tag. Er hatte vielen Kollegen die Hand geschüttelt. So viele neue Namen. Alle waren recht freundlich und die Gespräche zu seinem neuen Job liefen weiter gut. Der deutsche direkte Chef schien auch sehr umgänglich und locker zu sein, was für ein Glück!

Abends wurden wir zum Essen an der *Ribeira* von Richards zukünftigen Kollegen ausgeführt. Da waren wir mal gespannt. Man wählte ein bekanntes Lokal aus und wir betraten neugierig das Innere. Kleine Tische mit karierten Decken waren mit stimmungsvollen Bildern an den Wänden gut kombiniert. Hier saß man wieder in ungeheizten Räumen. Da ich dies ja schon tagsüber erfahren hatte, wollte ich das jetzt genau wissen.

„Ist das überall so?"

„Ja", versicherte man uns, „die Räume haben fast alle keine Heizung."

„Und zu Hause bei den Einheimischen?", hakte ich nach.

„Dort ziehen die Leute einfach eine Strickjacke mehr an oder hüllen sich in Decken ein."

Das bedeutete wohl, man ließ seine Mäntel und Jacken in den Räumen der Bars, Cafés und Gaststätten an.

„Beim Essen ist das recht ungemütlich", so fanden wir. Aber das Lokal war hübsch gestaltet und die Speisen sehr lecker.

Die Kollegen waren sehr nett und versuchten den Abend möglichst unterhaltsam und informativ zu gestalten. Durch ihre Erzählungen konnten wir einige Eindrücke vom Leben in der Gegend gewinnen. Leider war einer von ihnen jedoch stark erkältet, was bei diesem Wetter im Winter keine Seltenheit war und hustete ständig.

Alles schien uns bisher etwas fremdartig und kalt, aber natürlich auch sehr interessant. Dies waren unsere ersten Erlebnisse in einem portugiesischen Restaurant, weitere folgten in dieser Woche. Wir waren von zu Hause nicht gewöhnt, in den Räumen zu frieren. Dafür haben wir einen Blick auf die Sitten hier werfen können und merkten, das könnte uns gefallen. Man zelebrierte das Essen hier viel mehr.

Am nächsten Tag bin ich gleich noch einmal zur *Dom-Luis-Brücke* am *Douro* mit Bus und Straßenbahn gefahren. Man konnte über die berühmte Brücke im unteren Teil zu der angrenzenden Stadt *Vila Nova de Gaia* laufen, welche wie ein sich anschließender Stadtteil wirkt. War man dort angekommen, konnte man sich umdrehen und schauen. Es bot sich ein pittoresker Blick auf die Stadt Porto, welcher auch gerne auf Postkarten verewigt wird. Den Hang hinauf verlaufend, stehen dicht nebeneinander meistens kleinere Häuser, in einer schönen Symmetrie angeordnet. Dazwischen lugen prächtige Kirchen hervor und prägen das unvergessene Fotomotiv. Das hatte ich auch in den Büchern angestaunt. Ich war begeistert. Was für ein Anblick! Das war das zweite Mal, dass ich einen ganz tiefen Eindruck von Porto in mich aufnehmen konnte und fühlte: „Das ist ein ganz besonderer Moment."

So viel zu laufen und sehen gab es hier, aber bei dem doch recht nassen Wetter dauerte mein Spaziergang nicht zu lange.

Als Richard am Tag darauf Zeit hatte, wollten wir gleich noch etwas unternehmen. In *Vila Nova de Gaia* gibt es die berühmten Portweinkellereien, wie ich im Reiseführer gelesen hatte. Wir suchten uns eine der kleineren Kellereien aus, die ich am Vortag gesehen hatte, und machten eine Führung auf Englisch mit. In vielen Kellereien lernt man etwas über den Portwein, seine Herstellung und kann natürlich auch etwas probieren. Das Englisch haben wir gut verstanden, die Gruppe war klein und wir wurden durch mehrere Kellerräume mit der unterschiedlichsten Verwendung geführt. Auch hier war es natürlich sehr feucht und kalt. So waren wir froh, als wir am Ende der Führung in einen etwas wärmeren Raum zur Verkostung gelangten. Der Geschmack des angebotenen Getränks war noch etwas ungewohnt, wir probierten weißen und roten Portwein, fanden den roten, jüngeren ganz lecker und kauften unsere erste Flasche Portwein.

Wieder zum Fluss hinuntergelaufen, sahen wir zu beiden Uferseiten des *Douro* die Holzboote der Portweinkellereien liegen, die in öffentlichen Rundfahrten den Fluss hinauf und hinab wohl schöne Blicke auf die Stadt erlauben. „Aber im Januar bei dem vielen Regen ist das wohl noch kein Spaß", entschieden wir, also wollten wir uns eine Rundfahrt für später aufheben.

Nach der Führung im Portweinkeller wollten wir „etwas Nettes" essen gehen. Es gab in der Stadt überraschend viele kleine Lokale mit einfacher Einrichtung und sogenannter „Hausmannskost". Wir fanden in der Nähe der Brücke schließlich eine kleine „Beizen" und probierten die abenteuerlich aussehenden Speisen. Bäuerlich herzhaft könnte man die Küche nennen. Ein Bekannter sagte später mal: „Hier kocht im Lokal jeder, auch wenn er nicht kochen kann." Das traf es dann auch manchmal, würde ich sagen. Das Essen wurde serviert. Das Fleisch bestand aus paniertem Schweinefleisch und wurde mit einem großen Berg Pommes Frites serviert, dazu etwas Kohl und wenig Salat. Es war günstig, aber nicht direkt lecker. Wir aßen trotzdem zufrieden unsere Mittagsgerichte und schauten uns um. Relativ einfach angezogen, saßen die Einheimischen dicht gedrängt an kleinen Tischen, die Mäntel fest zugezogen wegen der Kälte. Sie aßen meistens die günstigen Tagesgerichte und redeten alle wild durcheinander. Ein Glas Wein dazu, das durfte nicht fehlen, Wasser natürlich, und auch ein Nachtisch gehörte meistens dazu. Danach ein Espresso. Das wurde ja ein richtiges Menü. Perfekt! Da konnte man ja richtig schlemmen für wenig Geld.

Im Verlauf der Tage erkundeten wir Porto und besichtigten die eine oder andere Sehenswürdigkeit: prachtvolle Bauten mit kunstvoll gefertigten Erkern, schlichte Häuser mit schmucklosen Fassaden, verwinkelte, schmale Häuser wie aus einem anderen Jahrhundert stammend. Dazwischen immer mal wieder tropische Pflanzen. Einige lange Einkaufsstraßen, gesäumt mit einer Unmenge kleiner Läden und eine weitere, mit wunderschönen Kacheln verzierte Kirche waren zu bewundern. Und dann ging es immer wieder bergauf und bergab.

Obwohl das Wetter nicht einfach war, hatten die sehr interessanten Sehenswürdigkeiten, der spannende und bunte Markt im Zentrum, die sehenswerten Kirchen und die vielen Portweinkellereien uns sehr gut gefallen und unser Interesse geweckt. Auch der Blick auf Porto den Hang hinauf war fantastisch gewesen und beeindruckte tief.

Am nächsten Tag unternahmen wir den nächsten Ausflug in der Nähe unseres Hotels. Es lag an einer sehr langen Straße, die praktisch direkt zum Meer führte. Wir liefen bis ganz hinunter. Unten angekommen, bot sich ein großartiger Blick aufs Meer. Dieser Strandabschnitt war sogar mit einem Lokal mit Meerblick ausgestattet. „Das ist ja toll", riefen wir aus. Wir gingen sofort hinein. Herrlich, ein Platz am Fenster wurde gerade frei. Wir nahmen Platz. Da konnte man wunderbar auf die Brandung schauen. Es gab einen leckeren Milchkaffee. Unser Blick fiel auf die Nachtischvitrine. Es gab viele lecker aussehende Köstlichkeiten. Direkt am Meer zu sitzen und den Wellen zuzuschauen, war ein besonderes Erlebnis und wir kosteten es aus. Auch das Wetter war heute etwas freundlicher.

Wieder auf dem Weg zurück zum Hotel, spazierten wir durch eine schöne Gegend. Im unteren Teil dieser *Avenida* standen wunderschöne Villen, in einer davon war das Anwesen des deutschen Konsulats zu finden. Diesem wollten wir nun einen

Besuch abstatten und uns informieren. Im Vorraum meldete man sich an, die Stimmung war recht freundlich und wir wurden in den Wartebereich geführt. Eine deutsche Zeitung lag dort aus, ich schaute mir sofort alles an. Es gab Werbung für eine deutsche Bäckerei und für eine deutsche Metzgerei im Umkreis, andere große Betriebe wurden dort kurz vorgestellt. Nach kurzer Wartezeit empfing uns tatsächlich der Konsul! In einem schönen alten, mit stilvollen Möbeln ausgestatteten Zimmer residierte ein freundlicher, hochgewachsener Mann und erzählte uns etwas über das Leben in Nordportugal und die angesiedelten Firmen. Wir fühlten uns willkommen und nahmen einen positiven Eindruck von den Möglichkeiten vor Ort mit. Auch hatte ich den Eindruck, man könnte mir hier bei einer Jobsuche eventuell behilflich sein, falls ich das später benötigen würde.

Aber es gab ja noch mehr zu entdecken. Wie ist es nun in *Vila do Conde*? Am Mittwoch machten wir uns zusammen auf den Weg. Wenn man aus der Stadt hinausfuhr, gab es auf dem Weg schöne Pinienwälder zu sehen und immergrüne Pflanzen, aber auch einige weniger schöne Außenbezirke mit viel Industrie.

Wir fuhren in die Mitte der Kleinstadt und fanden gleich einen Parkplatz, was im Januar wohl noch kein Problem darstellte. *Vila do Conde* selbst ist ein nettes Städtchen mit einer kleinen Altstadt, einigen Neubauvierteln und natürlich dem Zugang zum Meer, welcher sich sicher im Sommer in einen attraktiven Strand verwandeln würde, so dachten wir. Jetzt wirkte es am Ufer eher ungemütlich, etwas Holz lag herum, auch Gras und ein bisschen Müll. Das würde sicher im Sommer noch schön werden, nahm ich an.

Und was gab es sonst noch? Einige Lokale, ein paar schöne Bauten, ein altes Kastell oberhalb der Stadt, einen Fluss, der ins Meer führte und jeden Freitag einen großen Markt. Jetzt, im Januar, ging es am Meer recht stürmisch zu, aber eindrucksvoll und ja, es hat uns gefallen (wenn man mal davon absieht, dass die Bauten direkt am Meer auch teilweise achtstöckige Häuser waren).

Die Stimmung in der Stadt wirkte ländlicher auf uns als in Porto, auch natürlich durch die mehrheitlich kleinen Häuser, dicht aneinander gedrängt in den kleinen Gassen. Der Stadtkern war gut zu Fuß abzulaufen und interessant anzuschauen. Unter Führung eines Kollegen von Richard bummelten wir später durch die Altstadt von *Vila do Conde* und ließen uns Geschichten über die Stadt erzählen. Wir gelangten zum Meer. Am Ufer befanden sich direkt an der Fahrstraße eine Fußgängerpromenade und eine halbhohe Kaimauer. Jetzt waren nicht viele Leute zu sehen.

Wir lernten, dass sich im Sommer der ganze Eindruck stark zum Positiven verändert, viele Holzbuden und Cafés werden extra aufgebaut und der Strand wirkt mehr wie ein Sommerurlaubsort.

„Das wird dann sicher ein schöner Eindruck sein und wir freuen uns darauf."

„Alles lebt dann viel mehr und es gibt sogar spezielle Veranstaltungen, richtige Handwerksmessen und manches mehr", fügte der Kollege hinzu.

Für uns war es ebenfalls neu, so direkt am Meer zu stehen. Dies würden wir dann immer erleben können? Der Ort, wo wir vielleicht wohnen würden, lag auch direkt am Meer, nur vier Kilometer entfernt.

Dann ging es zur Fabrik: Gleich am Montag hatte Richard seinen Arbeitsplatz inspiziert und konnte mir diesen nun zeigen: Es war ca. fünf Kilometer von *Vila do Conde* entfernt und ich war überrascht, ein neues Gebäude mit schöner Glasfassade und neu gepflanzten Palmen vorzufinden. Dies war ein sehr positiver Eindruck, ganz anders als manch altes Bürogebäude in Deutschland.

Die Gespräche in der Fabrik waren für Richard gut gelaufen, alles war soweit ausgehandelt. Hilfreich war natürlich, einen deutschen Chef zu haben, die Geschäftssprache im Werk sollte aber Englisch sein. Das würde für Richard kein Problem darstellen, zum Glück! Englisch sprachen wir beide ganz gut. Vielleicht könnte mir das ab und zu helfen, mutmaßte ich.

Heute durfte ich jetzt auch mal kurz mit in die Vorhalle zur Rezeption kommen. Ich war überrascht, wie hell und freundlich hier alles wirkte. Ein paar Leute wurden mir vorgestellt, aber bald ging es weiter für uns.

Den nächsten spannenden Punkt galt es nun anzugehen: Wo sollen wir wohnen? „Das Dorf, *Areia*, direkt neben der Fabrik, werden wir jetzt genauer anschauen", nahmen wir uns vor. Es gab kleinere Cafés, kleine Lebensmittelläden und wieder eine kleine Bar unten am Meer. Die Bereiche des Ortes waren unterteilt in alte und neuere Wohnviertel. Am Rand gab es sogar ein oder zwei Häuschen ohne Strom und Wasser, das erschien uns recht ungewöhnlich.

Richards Chef hatte da eine klare Meinung.

„Man muss unbedingt schauen, etwas mit Heizung zu bekommen." Klang gut, ließ sich aber sicher nicht so einfach umsetzen.

Um unsere Fragen in der Firma nach einer geeigneten Wohnmöglichkeit zu beantworten, stellte man uns schließlich Juno vor, eine Art Delegationsmanager. Groß gewachsen, etwas über 20 Jahre alt, im schwarzen Anzug elegant gekleidet, sollte er nun unser Wohnungsproblem lösen. Er nahm sich Zeit für uns, hatte ein paar Termine für uns ausgemacht und sprach gut Englisch. Wir konnten ihn gut verstehen und waren gespannt. Allerdings waren wir etwas skeptisch, ob er uns mit seinen jungen Jahren und wenig Berufserfahrung wirklich weiterhelfen konnte.

Ganz gespannt schauten wir uns zusammen die eine oder andere Wohnung in *Vila do Conde* oder *Areia* an und lernten schnell: Vermietung gibt es wenig. Meistens wird nur gekauft und wieder verkauft. Dies bedeutete, dass die Auswahl der Mietobjekte natürlich recht übersichtlich war.

Einmal zeigte er uns eine Wohnung in einem Wohnblock in *Vila do Conde*, nahe am Meer, eine schöne Lage, aber leider wohnten aktuell wenig Bewohner im ganzen Haus. Alles wirkte sehr verlassen. Diese Wohnungen werden nur teilweise im Sommer genutzt, fanden wir heraus. Die Wohnung selbst war nicht möbliert, besitze aber „eine Art Heizung" meinte Juno. Hiermit war ein offener Kamin gemeint. „Das ersetzt doch keine Zentralheizung", meinten wir und waren nicht beeindruckt. So etwas befindet sich oft in Wohnungen oder Häusern, lernten wir im Verlauf der Wohnungssuche, hilft aber leider wenig, da die Hitze eher nach oben verschwindet. Diese Erkenntnis hatten uns Kollegen bereits erzählt.

Danach sahen wir uns ein oder zwei Häuser in der Nachbarschaft in *Areia* an. Der Makler schloss die Tür auf und was gab es da zu sehen? Das typische Bild der „Ferienhäuser". Hier in Nordportugal hieß das, dass man in feuchte, modrige Räume blickte. Vermietbare Häuser wurden meist nur teilweise im Jahr bewohnt und verströmten beim Aufschließen einen feuchten, modrigen Geruch, erfuhren wir dann.

„Aber durch Lüften ist das schnell zu beheben", teilte der Makler optimistisch mit. Das überzeugte uns noch nicht.

So schauten wir noch ein oder zwei andere Objekte mit anderen Maklern an. Teilweise fand man dann noch leicht grüne Wände mit kleinen Schimmelflecken vor. Man muss sich vorstellen, dass die meisten Wohnungen und Häuser in diesem Küstenbereich ca. 400 bis 800 Meter vom Meer entfernt liegen, also starke Feuchtigkeit das ganze Jahr über speichern, das wurde uns jetzt klar. Das machte die meisten Häuser, die man besichtigen konnte, nicht gerade zu begehrenswerten Mietobjekten. Das kam also alles bisher nicht infrage.

Aber es musste noch andere Möglichkeiten geben. Richard fand schnell heraus, dass es neben den Portugiesen im Werk einige Deutsche gab, ebenso wie ein paar Briten, Schotten oder Österreicher, die dort lebten, alle mit Delegationsverträgen. Dies waren alles Verträge über zwei oder drei Jahre, ähnlich dem Vertrag, den mein Mann bekommen würde

Sie wohnten ja alle in der gleichen Gegend. Bei ihnen konnte er fragen, wie sich die Wohnungsfrage eventuell lösen ließe.

Ja, und tatsächlich, durch diese Kontakte wurde uns ein Deutsch-Portugiese, Paolo, der mit seiner Frau, Annette, in *Areia* lebte, empfohlen. Er habe gute Kontakte zu vielen Leuten vor Ort und könne etwas vermitteln, hieß es. Wir fuhren gleich hin.

Ganz gespannt klingelten wir bei ihm. Wir standen vor einem kleinen Törchen und hofften, er sei da. Er wohnte in einem kleineren, eher unscheinbaren Haus mit kleinem Garten und spreche gut Deutsch, hieß es. Offensichtlich hatte er lange in Deutschland gelebt und hier in Portugal schnell wieder gute Kontakte aufgebaut, die uns weiterhelfen könnten. Seine Frau war wohl Deutsche. Die Verständigung würde also kein Problem darstellen. Er machte uns auf, wir begrüßten uns und redeten etwas. Ja, er hatte wohl Objekte an der Hand, so schien es. Das Gespräch verlief sehr angenehm.

Wir schauten glücklicherweise rasch zwei oder drei kleine Häuschen im Ort und im Nachbarort an. Er hatte mehrere Schlüssel zu Häusern, die im Sommer als Ferienhäuser vermietet werden und kümmerte sich um die Vermittlung. Da hatten wir ja den Richtigen getroffen!

Doch die Entscheidung war einfach: Wir bevorzugten recht schnell ein Reihenhaus gegenüber von ihm in seiner Straße in *Areia*. Es stand in einer netten, gepflegten Seitenstraße im „neueren Wohnviertel" mit schönen Häusern, einigen Palmen, Kiefern und kleinen Vorgärten. Im Haus selbst gab es noch keine grünen Wände, es machte einen „fast trockenen" Eindruck und hob sich dadurch von den anderen bereits besichtigten Objekten deutlich ab.

Es gehörte einem Deutschen, war möbliert und hatte einen kleinen Vorgarten (mit einer großen Palme in der Mitte) sowie eine Terrasse hinten (eher wie ein Innenhof) und eine Terrasse vorne. Ich hatte bis dahin noch nie in einem Haus gewohnt. Dies sollte also unser neues

Heim werden? Toller Gedanke, so viel Platz und so viele Zimmer zur Verfügung zu haben! Da der Vermieter erst noch befragt werden musste, hofften wir, es würde klappen. Schließlich war es ja auch für ihn finanziell interessant, das Haus das ganze Jahr über zu vermieten.

Das Haus hatte ein Wohnzimmer, eine offene Küche, einen kleinen Raum unten (das sollte das Büro werden) und oben ein großes Schlafzimmer mit angrenzendem Bad, dazu rückwärtig noch zwei kleine Gästeschlafzimmer mit einem dazugehörigen kleinen Bad. Die Miete war teuer, da es kaum Vermietung gab, aber die Firma gab einen Zuschuss. Wir mussten noch klären, ob die Möbel ausgeräumt werden können, da wir ja unsere eigenen Möbel mitbringen wollten. Dies schien aber kein Problem zu sein.

Fast hätte ich vergessen zu erzählen, dass auch hier keine Heizung vorhanden war, nur ein offener Kamin. Sah natürlich toll aus und ich freute mich schon auf Kaminabende mit einem Glas Rotwein, auch wenn nicht klar war, ob der Kamin wärmen würde.

Wir waren einfach froh, etwas halbwegs Vernünftiges ergattert zu haben und kümmerten uns deshalb nicht weiter um die Heizungsfrage. Die bisher besichtigten Objekte befanden sich nicht annähernd in ähnlich trockenem Zustand wie dieses Haus.

Also, nach erfolgreichen Verhandlungen in Deutschland ging alles klar und wir hatten ein neues Zuhause in Sicht! Aber wir würden in Zukunft in *Areia* (heißt auf Deutsch „Sand"), *Arvore*, (heißt auf Deutsch „Baum") leben, einem Dorf mit mehreren hundert Einwohnern! Bisher hatte ich nur in Städten gewohnt.

„Das wird sicher interessant und mal ganz anders", stellten wir beide fest. Die Vorfreude war groß und wir sahen gespannt unserem neuen Lebensabschnitt in der Ferne entgegen.

Zum Ende unseres Orientierungstrips, etwa nach einer Woche am Samstagabend, gab es noch eine Abschiedsparty für einen deutschen Kollegen, der wieder nach Deutschland zurückging. Er wohnte in einem Hochhaus in *Vila do Conde*. Ich fand die Wohngegend nicht so aufregend, aber er hatte eine große Wohnung dort mieten können und war wohl ganz zufrieden während seiner Zeit hier. Wir trafen dort auf die „Gemeinde" der Deutschen und Österreicher, die dort lebten und fanden ihre Geschichten sehr interessant. Hier lernten wir auch Ingrid und Sven kennen, ein nettes Paar aus der Gegend um Frankfurt. Er arbeitete südlich von Porto bei einem großen Unternehmen und sie arbeitete sogar bei Richards Firma.

Wir staunten über ihre Portugiesischkenntnisse und waren beeindruckt, wie sehr sie schon im Land angekommen waren.

Am Sonntag schauten wir uns noch ein oder zwei kleinere Städtchen Richtung Spanien mit dem Auto an. Auch hier der gleiche Eindruck: recht dunkle Fassaden, feuchte Räume und eine eher bäuerliche Atmosphäre.

Ich telefonierte hier mit meinen Eltern aus einer öffentlichen Telefonzelle, wie es sie damals noch gab und sie wollten natürlich wissen, wie es uns gefällt.

„Ist es so, wie du dir das vorgestellt hast?"

„Ja", beeilte ich mich zu sagen.

Die Wahrheit ist, dass vieles anders war, als wir es uns vorgestellt hatten, aber trotzdem überwog die Abenteuerlust und auch das Interesse an einem völlig neuen Umfeld.

Schließlich würden wir in einem Haus wohnen können. Das hatte ich mir gar nicht so vorgestellt.

„Das wird sicher toll werden, so viel Auslauf zu haben und sich auch auf den Terrassen ausbreiten zu können, eine herrliche Vorstellung!", verkündete ich.

Und Porto zu entdecken, schien sehr interessant zu sein.

„Vielleicht nicht gerade im Winter, aber im Sommer ist diese Stadt bestimmt viele interessante Ausflüge wert", dachte ich.

Eine ganz neue Umgebung zu erkunden und auch zu genießen, das schien sehr aufregend zu sein. Ich hatte noch nie so nah am Meer gewohnt. Man konnte quasi immer mal hingehen und den Atlantik bestaunen.

Auch in einem Dorf zu wohnen, schreckte mich nicht ab, kann ich sagen. Obwohl ich doch sonst immer mitten in der Stadt gewohnt habe. Es gab in *Areia* erstmal genügend Infrastruktur und in drei Kilometern Entfernung konnte man in *Vila do Conde* noch viel mehr Angebote finden, ob Läden, Ärzte oder auch eine Klinik. Das reichte sicher aus. Zumal in 25 Kilometern Entfernung ja noch Porto mit noch deutlich mehr Infrastruktur aufwarten konnte.

Wir würden also nicht völlig abgelegen wohnen. Das war auch wichtig in meinen Augen.

Der Orientierungstrip war daher richtig und wichtig für uns gewesen, wir hatten viele Eindrücke gewonnen, viele neue Dinge erfahren und ein uns völlig fremdes Klima kennengelernt.

Wir haben die feuchte Kälte erlebt, aber auch die Nähe des Meeres genossen und die vielen Sehenswürdigkeiten bestaunt.

Fazit: Wenn wir es im Januar dort aushalten, wird es im Sommer sicher ganz fantastisch sein! Wir wagen es! Es gibt viel zu entdecken!

4. Speditionslisten oder jetzt wird's ernst

Ich komme Mitte Januar von der Arbeit nach Hause und öffne den Briefkasten. Das scheinen wohl die Unterlagen von der Spedition zu sein. Ich öffne den Umschlag, setze mich an den Esstisch und halte mehrere Seiten zum Ausfüllen in den Händen. Es geht um Inventarlisten. Wir sollen konkrete Zahlen liefern.

Richard und ich haben vereinbart, dass ich mich hauptsächlich um die administrativen Dinge kümmere, da ich mehr Erfahrung in diesen Dingen habe, wir uns aber immer bei Fragen zusammen abstimmen können.

Ich überlege, wie ich den Inhalt unserer Schränke und Schubladen einschätzen soll. Übermorgen ist schon der Abgabetermin für die Speditionslisten. Aber wie macht man das richtig? Lieber etwas weniger Kisten bestellen oder eher mehr? Wie viel passt wirklich in eine Kiste? Ab wann wird eine Kiste zu schwer? Einige Umzüge hatte ich in der Vergangenheit schon bewältigt, aber einen ganzen Hausstand in die Ferne zu verfrachten, ist doch nicht so einfach, merke ich. Daher lege ich die Listen erstmal auf die Seite und überlege.

Das Land zu wechseln und die Wohnung aufzugeben, bedeutet viel Organisation, das wird mir nun klar. Das ganze Hab und Gut zu verpacken und den Umfang zu berechnen, ist eine knifflige Aufgabe. Wir müssen entscheiden, was wir selbst mit auf die Reise nehmen möchten. Dann soll noch einiges in ein Lager in München gebracht werden. Für die letzten Arbeitstage wird noch ein großer Koffer mit Kleidung in München notwendig sein.

Logistisch wird das gar nicht so einfach, merke ich. Nun erst mal einen Tee machen und tief durchatmen.

Den Umzug an sich werde wohl hauptsächlich ich begleiten, so haben wir uns geeinigt. Ich habe ab dem 20. März etwas frei und werde deshalb beim Einpacken dabei sein können. Richard muss noch länger arbeiten. Einerseits macht mich das nervös, andererseits hatte ich Erfahrung in Umzügen. Das wird schon klappen, denke ich.

5. Die Vorbereitungen

Machte ich mir eigentlich Gedanken um meine Sicherheit?

„Jetzt ganz ohne Job, das wäre nichts für mich", bekam ich mehr als einmal zu hören. Wir schauten uns den Arbeitsvertrag für Richard genauer an. Es sollte ein sogenannter Delegationsvertrag sein, dieser galt meistens für zwei bis drei Jahre, lernten wir. Der Vorteil war, man zahlte für den Arbeitnehmer (also meinen Mann) in die deutsche Sozialversicherung ein, bekam jeden Monat sein festes Gehalt (hier aber in der Landeswährung am Anfang), also auf ein portugiesisches Konto und man hatte nach Ablauf das Recht, wieder nach Deutschland zum Unternehmen zurückzukehren.

„Es ist also wie ein Auslandsaufenthalt mit Sicherheitsnetz, das heißt, man könnte auch wieder vor der Zeit zurückkommen und hat immer eine Verbindung zum Heimatunternehmen."

„Das hört sich gut an", stimmte auch mein Mann zu. Es erschien uns beiden vernünftig und sicher genug, da wir ja auf jeden Fall ein festes Gehalt bekommen würden.

Im Fernsehen sieht man ja manchmal Aussteiger, die einfach so in ein fremdes Land gehen, ohne festen Plan und ohne Aussicht auf einen Job. Das wollten wir sicher nicht und so erschien uns unser Plan auch nicht zu abenteuerlich. Schließlich hatten wir die schriftliche Zusage auf Richards Position vor Ort.

Für mich bedeutete es aber das erste Mal in meinem erwerbstätigen Leben, dass ich sozusagen abhängig von meinem Mann werden würde und ohne eigenes Einkommen dastehen würde. Ebenso würde für mich in dieser Zeit keine Sozialversicherung in Deutschland eingezahlt werden. Aber vielleicht könnte ich ja eine

Beschäftigung im Ausland finden. Auch erschien es mir so, dass ich meinem Mann vertrauen könnte und wir ein gemeinsames Konto führen konnten. Dann würde ich mich nicht zurückgesetzt fühlen, so ohne Einkommen.

Ich hatte ein Portugalforum entdeckt, hier konnte man Details über das Leben vor Ort erfahren und Geschichten der Auswanderer nachlesen. Auch für meinen Beruf wird es dort nicht leicht werden, dämmerte es mir.

Manch mutige Mitbürger gehen jedoch einfach nach Portugal, weil es in ihren Augen in Deutschland doch recht spießig ist und hoffen, es klappt im besseren Klima und anderem Land besser. So einfach würde es aber sicher nicht sein.

„Meistens werden die in Deutschland erworbenen Kenntnisse einer Ausbildung nicht anerkannt", konnte ich konkret nachlesen. Das klang ja nicht ermutigend. Trotzdem blieb ich optimistisch. Dieses Abenteuer wollte ich wagen.

Als Nächstes sollte ein sogenanntes „Ausreisegespräch" weitere Fragen klären und Informationen bieten. Von Richards Arbeitgeber abgehalten, wurden wir beide Ende Januar eingeladen, ein Gespräch mit Personalmitarbeitern zu führen. Dies hatte den Zweck, uns noch einmal die Bedingungen für den Auslandsaufenthalt zu erklären.

Worum ging es? „Zwei Heimflüge pro Person in den drei Jahren werden bezahlt." Für Richard würde in die deutsche Sozial-versicherung weiter eingezahlt werden, auch in dieser Zeit des Auslandsaufenthaltes. Außerdem bekam er eine prozentuale kleine Gehaltszulage für den Entsendungszeitraum.

Zudem gab es noch ein paar rechtliche Themen. Ach ja, und ganz wichtig, eine internationale Krankenversicherung für uns beide. Das klang gut, man war quasi privat versichert und konnte sich immer behandeln lassen. Dies vermittelte Sicherheit!

Es war alles recht informativ. Was mir jedoch stark in Erinnerung geblieben ist, war eine deutliche Warnung an die Ehefrau. Wohl mit Absicht. Mir wurde immer wieder verdeutlicht, dass ich kein Arbeitslosengeld bekommen werde und ebenso keinerlei Unterstützung irgendwelcher Art bezüglich meines Berufs und dessen Ausübung. Lediglich „Weiterbildung für Sie und Sprachkurse für beide werden abgedeckt", hieß es.

Mich konnte dies jedoch nicht schrecken, ich war trotzdem bereit, das Abenteuer zu wagen. Schließlich hatte ich neunzehn Jahre in Büros in der Bank verbracht und war nun bereit, mich auf etwas Neues einzulassen und neue Erfahrungen zu sammeln.

Jetzt wurde es schon Februar. Urlaubsansprüche galt es noch zu nehmen. Wir entschlossen uns kurzfristig, ein aktuelles Angebot im Reisebüro anzunehmen und in den Club Med nach Djerba zu fliegen. Eine gute Idee, etwas Wärme und so, dachten wir.

Vor Ort allerdings war es dann kühl, extrem windig und Richard wurde krank (er hatte sich wohl während des Orientierungstrips bei dem Kollegen mit dem starken Husten angesteckt) und bekam etwas Fieber. Wir hatten ein einfaches Zimmer, dies war aber mit einem schönen Balkon ausgestattet. So konnten wir immer mal wieder draußen sitzen und die Aussicht genießen, wenn die Kraft nicht so zum Herumlaufen reichte.

Seine Erkältung besserte sich rasch, wir erholten uns schließlich beide ganz gut und genossen die Angebote des Clubs. Wassersport konnte man nicht machen, dazu war es natürlich zu kalt, aber etwas Sport war innen möglich und machte Spaß.

Wenn es zum Abendessen ging, saß man an einem Achtertisch, dies war von der Clubleitung ja so gewünscht. Man erzählte ein bisschen, wo man herkam. Nachdem 80 Prozent Franzosen dort ihren Urlaub verbrachten, gab es meist eine Art betretenes Schweigen, wenn wir verlauten ließen, wir seien Deutsche. So war die Stimmung am Tisch eher mittel, aber der Tischwein war frei und durchaus lecker. Ein bisschen seltsam fanden wir die mehrheitlich französischen Gäste manchmal schon: Sie schälten z. B. jeden Abend akribisch Orangen zum Nachtisch, anstatt sich die angebotenen leckeren Cremes, Obstsalat oder das Eis zu gönnen. Dies schien ihnen eine besondere Freude zu machen. Wir waren dazu zu faul und nahmen von dem geschnippelten Obst und den köstlichen Cremes, alles war sehr lecker.

Der Aufenthalt hatte gutgetan und so traten wir, einigermaßen erholt und gut gelaunt, die Heimreise an.

Der nächste Schock für mich folgte recht schnell: Aufgrund vorher getroffener Absprachen mit Richards früherem Chef war es für ihn erst möglich, am Ende der ersten Woche in unserem neuen Zuhause in Portugal anzukommen. Dies hieß konkret, er würde erst am Freitag anreisen! Geplant war ja, dass wir zusammen unser Abenteuer antreten wollten.

Das war jetzt so nicht möglich. Ich sollte den Umzug begleiten und müsste dann alleine vorfliegen und die erste Woche ohne Hilfe meistern. Das hieß auch, das Auspacken wäre dann ganz allein meine Sache. Mir wurde schon etwas mulmig bei dem Gedanken, aber was sollte ich machen? Es war alles in die Wege geleitet und die Termine standen fest.

Zu unseren Umzugsvorbereitungen gehörte jetzt auch, unsere Eigentumswohnung zu vermieten. Dies war auch neu, Vermieter zu sein und wir wussten nicht so recht, wie man das gut macht. Also machten wir uns daran, Vermietungsanzeigen aufzugeben. Es gab ein paar Besichtigungen, einer wollte die Türstöcke anders gestrichen haben, evtl. andere Wände, wiederum andere potenzielle Mieter hatten unmögliche Änderungswünsche. Es schien doch alles nicht so einfach zu sein, stellten wir fest.

Dann erschien ein Paar zur Besichtigung. Er kam in Motorradkleidung, den Kopf kahl geschoren. Wir schauten uns an.

„O je, wer ist das denn?"

Sie erschien in normaler Kleidung und beide fanden die Wohnung so ok, wie sie ist. Man muss dazu sagen, es handelt sich um eine Zwei-Zimmer-Wohnung, also kein Objekt für eine größere Familie. Der Motorradfahrer jedoch entpuppte sich als sehr freundlicher, netter Zeitgenosse und so wurden wir uns bald einig. Sie übernahmen die Wohnung ab 01.04.1999. Das war also geschafft. Wir hatten ein gutes Gefühl dabei und freuten uns, dies erledigt zu haben.

Der Termin der Ausreise rückte langsam näher. Viel bürokratischer Aufwand war vorher jedoch noch zu bewältigen. Manche Institutionen wollten nicht ins Ausland nachsenden, unsere Adresse wollte nicht jeder verstehen (obwohl es vor Ort noch weit schwierigere Straßennamen als unseren gab) und andere Hürden tauchten plötzlich auf. Wenn man seinen Wohnsitz in Deutschland ganz aufgibt, stößt man vielerorts auf Unverständnis und man muss Hartnäckigkeit beim Durchsetzen seiner Interessen beweisen, erfuhr ich. Das war dann meist meine Aufgabe. Ich beschäftigte mich mit dem Schriftverkehr und machte mir eine Liste, die ich dann nach und nach abhaken konnte.

Die Änderung der Führerscheine wollten wir noch angehen. Meinen alten, grauen Führerschein auf den Mädchennamen wollte ich ändern und einen neuen beantragen. Das sollte jetzt zeitlich noch gut klappen. Rechtzeitig in Auftrag gegeben, wollten wir die neuen Führerscheine mitnehmen. Zeit war noch genug. Dann kam ein Anruf vier Tage vor Abreise: „Leider hat die Druckerei Schwierigkeiten, es wird also nichts mehr daraus, die neuen Führerscheine rechtzeitig zu bekommen!". Das waren ja nette Aussichten.

Ein weiteres Unglück passierte später irgendwie beim Umzug: Mein alter, grauer Führerschein war plötzlich verschwunden. Also musste ich die Reise ganz ohne gültigen Führerschein antreten. Mir blieb wohl erstmal nichts anderes übrig.

6. Der Umzug

Jetzt war der große Tag gekommen und ich sollte das Unternehmen „Umzug" leiten. Richards Firma hatte eine bekannte und große Umzugsfirma beauftragt. Am Umzugstag erschienen hauptsächlich Russen, schlecht gelaunt von ihrer vielen Arbeit, mit recht dürftigen Sprachkenntnissen. Speziell das Einpacken jedes Tellerchens in der Küche rief ihren deutlichen Unmut hervor. Dies sollte kein leichter Tag für mich werden, das merkte ich schnell.

Auch die Beschriftung der Kisten wurde schwierig, das Wort „Küche" oder „Wohnzimmer" hatten sie noch nie gehört und bereitete Schwierigkeiten. Aber mit der Zeit gelang dann doch alles. Zwei Tage wurden fürs Packen veranschlagt und diese wurden auch benötigt. Ich war froh, als diese vorbei waren. Wieder eine Hürde geschafft!

Unser ganzes Umzugsgut brauchten wir nicht mitnehmen.

In Portugal haben die meisten Schlafräume sowie manche andere Räume Einbauschränke. Ein Teil des Umzugsgutes ging in ein Lager der Umzugsfirma. Skier konnten wir hierlassen, ebenso manche Schränke und andere Möbel. Das Lager wurde von Richards Firma bezahlt und befand sich in München. Dies schien eine gute Lösung zu sein. Einen weiteren Teil würden wir als Gepäck auf den Flug mitnehmen. Ich packte uns Kleidung ein, diese würden wir ja auch noch für die verbleibenden Arbeitstage in München benötigen.

Das Auto, der BMW, wurde ebenfalls in den Möbelwagen befördert und passte gerade so hinein. Nun waren alle Kisten verstaut, die Wohnung war leer.

Die Mitarbeiter der Umzugsfirma hatten nun ein paar Tage Zeit, die Reise im großen Laster anzutreten und durchzuführen. Der Umzug in München war jetzt erstmal geschafft, die letzten Unterlagen unterschrieben. Was für ein Glück. Ich fühlte mich gleich etwas leichter.

Jetzt kam die sogenannte „Übergangsphase": Wir hatten die Umzugsfirma ein paar Tage früher bestellt, damit in der Wohnung noch Malerarbeiten usw. stattfinden konnten. Um billig zu übernachten und die Nähe zur Wohnung zu nutzen, zogen wir in eine Pension gleich um die Ecke. Hier hatten wir ein Doppelzimmer gebucht mit Toilette auf dem Gang. Das war wohl keine gute Idee, stellten wir bald fest.

Das Zimmer war preiswert, aber leider nicht sehr angenehm, da man die Toilette mit Handwerkern teilen musste, die hier auf Montage waren. Das Verständnis für Sauberkeit im Bad differierte zu den unseren dann doch erheblich, leider. Auch die Abstellmöglichkeiten im Zimmer waren begrenzt: Wir hatten Koffer und Taschen gepackt und somit einiges an Kleidung mitgenommen. Der kleine Kleiderschrank konnte diese Fülle bald nicht mehr verkraften, die Stange brach ab.

Der nächste Knackpunkt war das Frühstück. Es wurde zusammen mit den Handwerken im Frühstücksraum serviert, man konnte die Atmosphäre nur als zünftig bezeichnen. So ging das jetzt nicht weiter, wir mussten über einen Plan B nachdenken.

Richard schaute in den Firmenraten für Hotels in München nach und entschied sich für das „Vier Jahreszeiten" für die letzten Tage in der Heimat. Die Hotelrate für ein einfaches Zimmer war recht niedrig, also los! Was für ein Unterschied! Toplage in der Innenstadt und schönstes Ambiente!

Wir hatten ein recht kleines Zimmer, aber das machte nichts. Wir genossen die Atmosphäre im Hotel in vollen Zügen, saßen mal in der Lobby oder auch mal an der Bar.

Durch die sehr zentrale Lage des Hotels konnte man jetzt ohne Probleme nach Herzenslust durch die Innenstadt schlendern. Die bekannten Plätze lief ich ab, schaute hier und da in ein paar Läden, genoss die Atmosphäre der Theatinerstraße und kehrte glücklich zum Hotel zurück.

Auch ein Weißwurstessen im benachbarten Franziskaner war ein schönes Abschiedserlebnis! Das gönnten wir uns jetzt. Da hatten wir mit dem Hotel wirklich eine gute Wahl getroffen!

Nochmal an der Oper vorbei zu schlendern, weckte Erinnerungen. Ob Traurigkeit aufkam? Nein. Ich freute mich immer noch sehr auf das Abenteuer und fühlte mich leicht. So viele Hindernisse waren schon aus dem Weg geräumt worden.

Als Geschenk zu Ostern gab es ein superschönes kleines Kästchen vom Hotel mit einem Münchner Motiv versehen, dies haben wir heute noch. Ein geschmackvolles Andenken! So verging die letzte Zeit recht schnell.

Der vorletzte Tag im Hotel: Am Ostersonntag ging es Richard plötzlich recht schlecht und der Gang zur Toilette sollte die ganze Nacht andauern. An Schlaf war jetzt nicht mehr zu denken. Doch mein Flug nach Porto stand bevor. Ich hatte kaum geschlafen, als der Wecker klingelte, musste mich aber schnell aufrappeln.

Wir hatten um vier Uhr ein Taxi für mich bestellt. Ich beeilte mich, hastete zum Eingang und hatte Glück, die Fahrt zum Flughafen ging schnell. Der Flug sollte um sechs Uhr gehen. Ich stieg aus und lief rasch durch das Flughafengebäude. So richtig gewappnet fühlte ich mich nicht, aber das ließ sich jetzt nicht mehr ändern.

Aufgeregt ging ich zum Check-In: Ich hatte unsere wichtigsten Unterlagen in vier oder fünf Ordnern als Handgepäck dabei und hoffte somit, alles im Griff und dabei zu haben.

Da hatte ich jedoch nicht mit der Lufthansa gerechnet.

„Dies ist viel zu schwer", erklärte man mir und bevor ich den Schock verdauen konnte, hatte man mir das Gepäckstück abgenommen und aufgegeben. Nun ja, das konnte ich jetzt nicht ändern.

Zum Gate ging ich jetzt etwas gemütlicher, durchatmen war jetzt angesagt. Ich setzte mich noch kurz mit Blick auf die Flugzeuge und versuchte, das Erlebte zu verarbeiten.

Ein unbeschreiblich schönes Gefühl war es, ein One-Way-Ticket nach Porto zu besitzen und die Reise endlich anzutreten.

7. Die Ankunft

Die Maschine landete pünktlich in Porto und es war noch früher Vormittag. Ich lief schnell zum Gepäckband und ja, alle Gepäckstücke waren wohlbehalten angekommen, zum Glück! War ich erleichtert!

Das Wetter begrüßte mich freundlich, fast warm. Der Deutsch-Portugiese, Paolo, wollte mich mit seiner Frau abholen. Ich ging durch Tür und sie standen tatsächlich dort. Perfekt! Das war ein schönes Gefühl, ich war nicht allein! Wir machten uns auf, ihr Auto zu suchen. Ganz in der Nähe wurden wir fündig. Auf dem Weg zum Auto spürte ich die warme, etwas feuchte Luft. Das fühlte sich angenehm an. Der Flughafen ist nur etwa 10 Minuten Autofahrt von *Areia* entfernt, das wusste ich schon, also waren wir schnell da.

Wir stiegen aus dem Auto aus und gingen zu unserem „neuen Haus". Es war innen leergeräumt, so wie wir es vereinbart hatten. Prima! Nur die Küchenmöbel, eine Sitzecke in der Küche mit Hockern und Möbel in den kleinen Gästezimmern im Obergeschoss waren dageblieben. Ich atmete tief durch. Ich war tatsächlich angekommen. Unglaublich!

Bewegend war der Blick aus dem Fenster auf die Straße. Ich werde ihn nicht vergessen und habe ihn auch mit der Kamera für später festgehalten. Die Kiefern und einige immergrüne Pflanzen leuchteten in der Sonne. Es war Ostermontag und in Portugal ist das eigentlich kein Feiertag. Die meisten Betriebe arbeiten an diesem Tag, aber eben nicht alle. Ich ging ein paar Schritte in Richtung Wald und ja, man konnte hier schon jede Menge Familien beim Picknick entdecken und die Pinien riechen! Meist saßen sie direkt neben dem Kofferraum und hatten tatsächlich ihre ganze Camping-Ausrüstung dabei. Es fühlte sich wunderbar an, in der Natur zu sein und diese ganz andere Witterung bewusst wahrzunehmen. Ich lief glücklich zum Haus zurück.

Als ich vom Obergeschoss auf die Straße schaute, kam doch tatsächlich der Möbelwagen um die Ecke. Was für ein Anblick! Jetzt schon. Es war alles zur rechten Zeit angekommen.

Die Männer erklärten mir, sie hätten jetzt frei und so würde man morgen ans Auspacken gehen. Kein Problem, ich war ja sowieso etwas müde an dem Tag. So konnte ich mir in Ruhe das Haus mal von innen anschauen. Die Fußböden waren allesamt mit verschiedenfarbigen Fliesen belegt. Das hat man hier sicher im Süden, dachte ich, kann aber vielleicht auch etwas kühl werden im Winter. Das war aber nicht zu ändern. Die gewählten Farben der Fliesen gefielen mir. Im Geiste überlegte ich, welche Teppiche wir haben. Gut, das würde sicher erstmal helfen. Dann schaute ich mir die Vorhänge an. Wir hatten darum gebeten, sie hängen zu lassen. Es waren Stores und sie schauten ganz ordentlich aus. So hatten wir Blickschutz und ich brauchte nicht gleich mit der Suche nach neuen Vorhängen beginnen. Das war in Ordnung.

Und nun zur Küche. Rechts und links gab es jeweils eine kleine Küchenzeile, mit allem Nötigen ausgestattet. Elektrogeräte waren vorhanden, Hängeschränke und auch ein Abzug über dem Herd. Die Qualität des mittelbraunen Holzes war mittel, aber ich war zufrieden. Auch hier würde man erstmal nichts ändern müssen. Die Einbauschränke boten genug Platz, dachte ich.

Dann gab es ja noch ein Zimmer am Ende des Flurs im Erdgeschoss. Das sollte das Büro werden. Ich schaute mir das Zimmer genauer an. Gar nicht so klein, bot es am Fenster einen netten Ausblick auf den Innenhof. Da dort ein paar Pflanzen (hauptsächlich pinkfarbene Bougainvilleas) etwas Farbe hineinbrachten, war das positiv. Der Raum war groß genug, dass wir mit ein paar Möbeln hier richtig was draus machen könnten. Der Schreibtisch sollte am Fenster stehen, damit man den Blick genießen konnte. Ein neuer Luxus, ein Büro zu haben!

Dann ging ich ins Obergeschoss. Das Hauptschlafzimmer ist ein sehr großer Raum, fiel mir auf, mit einer fast riesig zu nennenden bodenlangen Fensterfront. Schob man die Schiebetür auf, trat man auf einen Balkon. Etwas unsinnig, hier einen großen Balkon anzubauen, dachte ich, aber nun ja. Gegenüber der Glasfront beherbergte die Wand große Einbauschränke. Ungewohnt, aber ungemein praktisch. Und wieviel Platz hier vorhanden war! Das angrenzende Bad hatte schöne, hellblaue Kacheln mit Schwan-Motiven, sehr gefällig und wieder sehr großzügig. Ich ging wieder nach unten.

Jetzt bekam ich langsam Hunger und wollte mir eine Erstausstattung kaufen, ein Kühlschrank war ja vorhanden. Ich lief zu Fuß in das Dorfzentrum. Es gab es drei Lebensmittelläden im Ort, das hatte ich im Januar schon festgestellt. Dies waren keine Supermärkte, sie waren eher echte „Tante-Emma-Läden". Ich trat in den nächstgelegenen Laden ein und schaute mich um. In den Regalen waren die Waren gut sichtbar präsentiert. Ich schnappte mir schnell ein paar Dinge, füllte meinen Korb und stellte mich an der Kasse an.

Jetzt ging es wieder an das Thema Sprachkenntnisse. Welch tiefer Schock zu Anfang! Drei Monate hatten wir fleißig gelernt und geglaubt, ein bisschen etwas zu verstehen. Vor Ort sah die Sache leider ganz anders aus. Hatten wir schon in Porto Schwierigkeiten gehabt, sah es im Dorf noch etwas schlechter aus. Man sprach undeutlich, nuscheln wäre noch untertrieben. Etwas Akzent kam hinzu, Zähne fehlten auch ab und zu, sodass ich anfangs dachte, man redet Chinesisch mit mir. An Englisch- oder Deutschkenntnisse war hier natürlich nicht zu denken, es musste also mit meinen mageren Portugiesischkenntnissen gehen. Die Frau im Laden verstand mich kaum. Dies hieß, geduldig sein und weiter feste lernen, das nahm ich mir fest vor!

Ich wartete an der Kasse, man war hier offensichtlich sehr gemütlich. Aber alles klappte, nur eben etwas langsamer. So hatte ich das Nötigste bekommen und konnte mich versorgen.

Auch Cafés und Bäcker gab es einige im Dorf. Wie können so viele Cafés nebeneinander existieren? Das ist eigentlich verwunderlich. Aber natürlich auch Luxus für uns, ging es mir durch den Kopf! Denn es bedeutet Leben im Dorf! Und barg zudem viele Möglichkeiten, die Leute zu beobachten!

Ich entdeckte, dass der größte Lebensmittelladen im Ort auch Wäsche annahm. Das war gut. Später ging ich hin und gab etwas ab. Die Frau im Laden fragte mich nach meinem Namen, aber das schien zu kompliziert. So schrieb sie *estrangeiros* (Fremde) auf den Zettel und dabei blieb es auch später immer. Das war einfacher!

Ich genoss weiter meine Ankunft. Man konnte auch mal zum Meer hinunterbummeln, weit ist es ja nicht, das sah ich. Dann also los. Ich lief die Straße hinunter und schaute aufs Meer. Der Blick auf den Atlantik faszinierte mich sofort. Dies war ja auch ein Grund, warum wir uns entschieden hatten, herzukommen. Wer wohnt schon 800 Meter vom Meer? Tolle Aussicht, dass auch jeden Tag genießen zu können. So konnte ich erste glückliche Momente am Wasser erleben und den Hauch von Freiheit spüren, etwas völlig Neues gewagt zu haben. Es fühlte sich wie ein Geschenk an, die direkte Nähe des Meers zu erleben! Eine kleine Bar, auf den Strand direkt gebaut, lockte ebenfalls. Dann würde man hier immer mal etwas trinken können, ging mir durch den Kopf, die günstigen Getränkepreise kannte ich ja schon!

Jetzt wurde es langsam Abend. In der Nähe des Hauses, am Ende der Straße, fand ich eine kleine Pizzeria. Ich betrat den Eingang. Einige Tische waren zu sehen, mit rot-weiß-karierten Tischdecken und weißen Kerzen versehen. Es wirkte heimelig und sollte sicher authentische italienische Atmosphäre vermitteln. Ein paar stimmungsvolle Bilder schmückten die Wände. Ganz nett, fand ich.

Hier konnte ich also meine ersten Eindrücke über das Essen im Dorf sammeln. Pizza und Bier waren relativ ungefährlich und schmecken überall recht ähnlich, dachte ich. Ich bestellte. Es klappte, man verstand mich und servierte das Gewünschte. Ich sah mich um. Einige Tische waren besetzt und die Leute schwatzten laut. Ich fühlte mich wohl. Ich war erleichtert und aß mit Wonne. Ein erster Erfolg! Ich ging die paar Schritte glücklich nach Hause.

Nun war ich aber doch müde. So viele Eindrücke an einem Tag! Ich ging ins Obergeschoss. In den zwei Gästezimmern nach hinten raus hatte ich einen Platz zum Schlafen, bis die Möbel eingeräumt waren. Hier hatten wir darum gebeten, die Möbel drin zulassen. Ich machte eine Tür auf. Es muffelte leicht, war aber noch ok.

Was gab es hier? Etwas altertümliche französische Betten, kleine Nachtschränke und auch wieder Einbauschränke an den Wänden. Auch hier führten wieder Glasschiebetüren auf einen weiteren, schmalen und langgezogenen Balkon. Bettwäsche war in den Schränken ebenfalls vorhanden, das wusste ich. Die Möbel kamen mir allerdings ein bisschen altertümlich vor. Und hier hatte man wohl nicht so oft gelüftet wie unten, mutmaßte ich. Ein kleines Bad verbindet beide Gästezimmer, das war ja praktisch. Ich schaute kurz in beide Zimmer und wählte das bequemere Bett von beiden und versuchte, es mir gemütlich zu machen. Es fühlte sich ziemlich ungewöhnlich an, aber ich war zufrieden und hoffte auf eine angenehme erste Nacht in der neuen Heimat!

Ich wachte auf, geschlafen hatte ich mittel, so alleine in einem Haus zu sein war schon recht ungewohnt für mich. Ich zog mich an, stieg schnell die Treppe hinunter und schaute auf die Uhr. Der Möbelwagen kommt sicher gleich. Ich hörte Geräusche. Ja, jetzt ging es los.

Wir begrüßten uns und die drei Männer fingen an, auszuladen. Alles war unversehrt angekommen, super. Die Mitarbeiter der Spedition waren deutlich freundlicher als die Russen zuvor in München. Offensichtlich verstanden sie auch meine Sprache, dadurch war natürlich alles viel leichter. Sie stellten die Möbel auf und halfen auch, Lampen anzubringen und erledigten andere kleine Handwerkerdienste, es ging voran. Da war ich dankbar. Das klappte ja ganz gut, dachte ich.

Das Auto, Richards BMW, war auch wohlbehalten angekommen und ebenfalls im gleichen Möbelwagen, umringt von Kisten, transportiert worden. Das war ein Anblick! Da musste jemand gut packen und laden können, ging es mir durch den Kopf.

Alle Kisten wurden nach und nach ausgeladen. Ich hätte sie auch auspacken lassen können, aber ich beschloss, das selbst in Angriff zu nehmen. Dann konnte ich entscheiden, was wohin kommt und würde auch etwas wiederfinden. Schließlich hatte ich ja Zeit.

Der Nachbar, Paolo, kam ebenfalls gleich in der Früh und entpuppte sich als unerschrockener Heimwerker. Er nahm sofort den Anschluss des Fernsehers in Angriff und half auch bei anderen notwendigen Arbeiten. So kamen wir gut voran. Er erzählte mir, dass er 25 Jahre in der Nähe von Darmstadt bei Frankfurt gelebt und gearbeitet hatte, daher sprach er nicht nur perfekt Deutsch, sondern selbst seine Seele war mehr wohl mehr Deutsch als Portugiesisch geprägt, so hörte sich das an. Er war sehr freundlich und hilfsbereit, das konnte man sehen.

In den kommenden Tagen merkte ich, er hatte alles gerne aufgeräumt. Er packte gleich mit an und war sofort zur Stelle, um unseren Mini-Rasen zu mähen oder die Blätter der Palme zu stutzen. Dies war natürlich sehr hilfreich, sinnierte ich, aber klar, er hatte sich früher auch immer um das Haus gekümmert und möchte weiter helfen.

Viele Kisten warteten aber noch auf ihren endgültigen Bestimmungsort und ich hatte damit schon ein paar Tage zu tun. Ich war guten Mutes. Radio und Fernseher waren angeschlossen, so hatte ich etwas Unterhaltung. Ich würde mir einfach Zeit lassen, beschloss ich. Dank den Möbelpackern gab es ja auch Lampen.

Tagsüber war es jetzt schon recht warm und mein Blick ging immer wieder nach draußen. Ich machte eine Pause und schaute mir den „Minigarten" an. Da ich ja noch nie in einem Haus gelebt hatte, freute ich mich sehr, neue Möglichkeiten des Aufenthalts im Freien genießen zu können. Wir hatten ja schließlich zwei Terrassen, eine hinten und eine vorne.

Was gab es im Garten? Etwas Rasen. Dieser sah aus, als wäre er eine rustikale Sorte, die sich auch bei dem rauen Klima hier hält. Eine Hecke vorne zur Straße schien auch recht widerstandsfähig zu sein. Und ein Sträuchergewirr auf der rechten Seite fiel mir noch ins Auge. Das sah etwas verwildert aus, vielleicht könnte ich das selbst umgestalten. Ich freute mich schon darauf. Alles in allem klein, aber es gefiel mir.

Nun zu meinem neuen „Umfeld". Also, das Haus lag in einem neueren Wohngebiet, etwa 500 Meter zu Fuß vom Ortskern und ca. 100 Meter vom Wald entfernt in einer recht ruhigen Seitenstraße. Ich ging zum Wald und schaute mich um. Leider konnte man in dieser Natur nicht wie in Deutschland spazieren gehen, stellte ich fest. Der Portugiese lud dort seinen Müll ab, sei es vom vergangenen Picknick oder einfach Sperrmüll, alles war dort zu finden. Und über Müllberge zu steigen, machte nicht wirklich Spaß. Trotzdem verströmten die Pinien einen wunderbaren Duft. Ich schlenderte etwas entlang und sog das Aroma ein. Das ist in Ordnung für einen kurzen Spaziergang, dachte ich. Diese Oase, merkte ich, wird leider nicht wirklich zur Erholung beitragen. Aber der Wald mit seinen Kiefern war von unserer Straße aus im Hintergrund sichtbar und bot einen schönen Ausblick in die Natur. Ich fühlte mich in eine ganz andere Welt versetzt mit diesen wunderschönen Bäumen.

Eine Straße führte durch diesen Wald direkt ins Nachbardorf, so dass dies ein relativ kleines Waldgebiet war, aber eben in der Nähe unseres neuen Heims. Das Haus selbst war ein kleineres Reihenhaus, auf der einen Seite grenzte es an ein Haus, in dem eine Familie mit Kindern wohnte. Die Eltern arbeiteten beide als Ärzte, wurde mir gesagt, sie waren nur abends zu sehen, wenn sie ins Haus kamen, eine Angestellte regelte den Tagesablauf. Diese sah ich öfter, aber Kontakt hatte man hier nicht. Anfangs gab es bei ihnen nur einen Hund, eine relativ leisen Chow-Chow. In Portugal ist der Hund meistens im Hof angebunden, keiner geht mit ihm Gassi, und so bleibt der Hund meist im eigenen Gelände, das hatten wir schon gelernt. Auf der anderen Seite grenzte das Haus an ein ebenfalls kleines Reihenhaus, in dem eine brasilianische Familie mit einem Kind wohnte, wie man mir berichtete. Sie schienen recht freundlich zu sein.

Zwei Häuser weiter gab es eine kleine Gabelung nach schräg rechts. Zwei Straßen führten hier in weitere kleine Seitenstraßen. An der Straßenecke thronte ein etwas größeres Haus, hier wohnte *Doña Ana*. Sie wurde mir von Paolo recht schnell vorgestellt und versuchte, mit mir Französisch zu reden. Das klappte aber nicht. Sie meinte, es wäre eine Hilfe, aber ich blieb lieber dabei, meine mageren

Kenntnisse in Portugiesisch auszuprobieren. Sie war recht freundlich und hilfsbereit. Das war ein schönes Willkommen!

Eine Straße weiter wohnte noch ein Deutscher alleine, Herr Schneider. Auch ihn trafen wir bald, mal sehen, wie der Kontakt mit ihm werden würde. Zwei deutsche Ansprechpartner in unmittelbarer Nähe und *Doña Ana*, das war schon mal was! Paolo wohnte auf der gegenüberliegenden Seite zwei Häuser weiter, also auch nur einen Katzensprung entfernt. Aber man konnte sich nicht direkt in die jeweiligen Wohnzimmer schauen, das war auch gut so.

Ich trat in den kleinen Vorgarten und genoss den Blick Richtung *Doña Anas* Haus in die rechte Seitenstraße sehr. Prächtige Kiefern standen am Straßenrand. Ebenso waren einzelne Palmen zu sehen. Dies ließ die Straße südlich aussehen.

Doch weiter ging es mit meinen Kisten. Die vielen Einbauschränke stellten sich als sehr nützlich heraus und ich kam langsam voran. Die Küche mit der Essecke und den Hockern fand ich etwas ungewohnt, aber gut gelöst.

Unser rundes Sofa war heil angekommen. Sobald die Sitzecke im Wohnzimmer fertig war, ließ ich mich dort nieder und ruhte mich immer mal wieder zwischendurch aus.

Am Freitag war somit vieles annähernd fertig. Als ich Richard vom Flughafen abholte, fragte er gleich: „Wie weit bist du?"

„Schau selbst." Wir kamen nach Hause und er stellte überrascht und erfreut fest, dass wir fast nur noch Bilder und einzelne Lampen aufzuhängen und Kleinigkeiten zu arrangieren hatten. Vieles war schon erledigt worden.

Nur die SAT-Schüssel für einen umfangreicheren Fernsehempfang musste noch mithilfe des Nachbarn angebracht werden. Schließlich wollten wir deutsche Sender schauen.

Flugs wurde ein Loch in das Haus gebohrt, ich war wieder mal erstaunt, wie unerschrocken Paolo an die Sachen heranging. Und ja, auch das klappte gut.

So konnten wir Freitagabend gleich abends in *Vila do Conde* ausgehen. Ich freute mich! Kein Herumwerkeln mehr! Dies war ja nur drei Kilometer entfernt. Wir fuhren die Hauptstraße entlang, überquerten den Fluss, genossen den Blick von der Brücke, bogen nach links ab und suchten uns einen Parkplatz. Alles schien aufregend. Jetzt gab es ja so viel zu entdecken!

An einem Fluss gelegen, entdeckten wir am Stadtrand eine nette kleine Grünanlage am Fluss mit einer Art Kiosk.

„Hier könnten wir vorbeischauen", sagte ich. Am dortigen Ausschank tranken wir erstmal als „Willkommenstrunk" einen Schnaps für umgerechnet wenige Pfennige. Ich hatte die Woche alleine gut hinter mich gebracht und Richard war gut angekommen! Da konnte man auch mal feiern!

Für meinen Mann gab es jetzt relativ wenig Zeit zur Eingewöhnung, am Montag sollte es ja schon in der Firma losgehen. Trotzdem wirkte er entspannt und genauso neugierig wie ich. Er schien froh, jetzt endlich angereist zu sein. In *Vila do Conde* hatten wir ja noch vieles zu entdecken. Wir suchten uns erstmal ein Lokal und genossen unser erstes gemeinsames Abendessen in der neuen Heimat.

Das Wetter war angenehm, wir konnten tagsüber immer mal am Wochenende draußen sitzen und unsere neue Freiheit in Gartenstühlen genießen.

Die hintere Terrasse am Haus war eher wie ein leicht begrünter Innenhof gestaltet, in der Fläche gefliest, mit kleinen Bäumen am Rand und Mauern zu den Nachbargrundstücken ausgestattet. Es war recht ruhig, man konnte dort in Ruhe faulenzen.

Wir stellten unsere Holzliegestühle mit kleinem Tisch hin und kauften einige Kübelpflanzen. Die Kacheln am Boden waren orange, das wirkte zusammen mit den Pflanzen und den Holzstühlen schön mediterran. Ein Baum direkt an der Mauer war eine Bougainvillea mit lila Blüten. Ein toller Anblick!

Zwischendurch versuchten wir noch, die Reste des Umzuges wegzuräumen und uns häuslich niederzulassen. Auf die vordere Terrasse stellten wir auch zwei Stühle und einen Esstisch. Hier könnten wir wunderbar draußen essen.

Wir fuhren auch mal in das Nachbardorf und tranken ein Bier mit Blick aufs Meer direkt in Strandnähe. Wir fühlten Triumph, die erste Etappe gut geschafft zu haben und freuten uns auf weitere Erlebnisse. Alles hatte bis jetzt gut geklappt! Auch das Wetter war ja jetzt deutlich angenehmer als im Januar!

Die Zeit ging schnell rum, es wurde Montag und wir waren beide gespannt, wie Richards Anfang werden würde.

„Obwohl es schon länger bekannt war, dass ich kommen werde, hat man weder einen Computerzugang noch einen Telefonanschluss für mich vorbereitet", erzählte er mir mittags am Telefon, „aber bis heute Abend ist sicher alles eingerichtet."

Ich holte ihn abends ab und staunte wieder über das schöne, helle, freundliche Gebäude mit den Palmen am Eingang. Parkplätze direkt davor waren auch kein Problem. Ich ging zur Rezeption und lernte, dass man nicht so leicht ins Innere der Fabrik kam. Man musste sich anmelden und es wurde genau kontrolliert, wer hinein- und hinausging. Das machte nichts. Ein Sofa stand in der Eingangshalle für Besucher bereit und ich konnte dort Platz nehmen und warten.

Am Abend erzählte er dann seine ersten Eindrücke.

„Man ist mit dem Planen hier nicht ganz so schnell. Das Arbeitstempo scheint auch etwas anders zu sein".

„Da gewöhnst du dich sicher schnell dran."

Sein Arbeitsplatz lag in einem Großraumbüro mit modernen Möbeln. „Viel positiver als in München", meinte er.

Das stimmte wohl sicher. Ich hatte in München noch kurz vor unserer Abreise sein altes Büro besucht. Solch altertümliche Möbel hatte ich schon lange nicht mehr gesehen. Deshalb kann ich verstehen, dass ihm das Umfeld hier gut gefiel, sein direktes Gegenüber stellte sich als ein Kollege aus Schottland heraus. Das schien recht interessant zu werden.

Die weiteren Kollegen bestanden aus Portugiesen, Österreicher, Deutsche, Chinesen, Inder, Schotten und Engländer. Daher lief auch alles in Englisch ab. Das konnte er gut verstehen und sprechen. Er war ebenfalls froh, dass er dort nicht sein Portugiesisch anwenden musste. In den ersten Tagen war er frustriert, dass er die englischen Dialekte der Kollegen nicht gut verstand. Aber nach kurzer Zeit gab sich dies und die internationalen Kontakte wurden von ihm auf jeden Fall als Bereicherung empfunden.

Und der Arbeitsstil? Ihm fiel sofort auf, dass Hierarchie in Portugal anders gelebt wird als in Deutschland. Obwohl er einen deutschen Chef als Teamleiter hatte, war die Atmosphäre anders, weniger Deutsch, meinte er. Die einzelnen Mitarbeiter befolgten strikt die Anweisungen des Vorgesetzten und Diskussionen über Entscheidungen waren eher unerwünscht. Dies war neu für ihn. Als Problem sah er dies aber nicht an, stand er doch noch am Beginn seiner beruflichen Laufbahn. Und er genoss den Vorteil, im Ausland mit diesen vielfältigen Nationen im Team wertvolle Berufserfahrung sammeln zu können.

8. Ernüchterung setzt ein

Wir hatten Glück, unser Abenteuer im Frühjahr beginnen zu können. Wie ich schon berichtet hatte, war es im April schon schön warm und es ließ sich gut im Freien aushalten. Jeden zog es jetzt mehr nach draußen. Viele Leute gingen im Ort spazieren, tranken auch mal einen Kaffee auf der Terrasse und schwatzten laut. Man fühlte den bevorstehenden Sommer vor sich. Das verbreitete eine positive Stimmung, die sich auch auf uns übertrug.

Doch was es tatsächlich bedeutete, ca. 800 Meter vom Meer entfernt zu wohnen, davon hatten wir anfangs keine Ahnung. Im Alltag merkten wir zuerst, dass kein Handtuch nach der Benutzung trocknete, die Wäsche schlicht nass blieb und die Gläser nach dem Spülen weiterhin für Stunden feucht blieben. Was also tun?

Schnell fragten wir die anderen Deutschen, wie man damit umgeht und man erklärte uns, diesem Umstand könne man nur mit elektrischen und manuellen Entfeuchtern im Haus begegnen. So kam es, dass wir den ersten großen Entfeuchter bereits am 1. Mai kauften. Es war ein Werktag, aber in Portugal ein Feiertag wie in Deutschland auch, Richard hatte daher frei. Die Läden waren jedoch teilweise geöffnet. So fuhren wir in ein nahegelegenes Städtchen mit einer Art Elektromarkt, es war wohl eher ein Haushaltswarenladen mit vielen elektrischen Geräten. Wir erstanden unseren ersten fahrbaren größeren Entfeuchter (fahrbar, damit man ihn immer in den entsprechenden Raum, wo es gerade am Nötigsten war, fahren konnte). Wir probierten es gleich aus. Ja, das half tatsächlich und ermöglichte nun mühelos das Trocknen der Wäsche.

Sonntags und an Feiertagen haben die Läden meist bis Mittag geöffnet, lernten wir. Dann werden wir später auch noch einiges sonntags besorgen können, das war schon ein entscheidender Vorteil gegenüber Deutschland.

Die Kosten für Entfeuchter oder Heizgeräte ließen sich sogar teilweise bei der Firma einreichen, haben wir später festgestellt. Nun hatten wir Hilfe und die Alltagstätigkeiten ließen sich damit besser regeln, obwohl das Gerät auch nicht wirklich leise war und viel Strom verbrauchte. Manuelle Entfeuchter für zwei andere Räume kaufte ich zudem noch. Fast alle Ausländer lebten hier mit Entfeuchtern.

Ein anderes Problem für die Alltagstauglichkeit der Häuser war die begrenzte Menge an Strom und heißem Wasser, die zur Verfügung stand. Damit hatten wir nicht gerechnet.

Hauptsächlich für die Ferien gebaut, war der Elektroanschluss in diesem Haus schnell überlastet (dies konnte schon bei der gleichzeitigen Nutzung von zwei oder drei Elektrogeräten passieren) und bei Regen sprang die Sicherung noch schneller heraus, da der Anschlusskasten draußen angebracht war.

Die begrenzte Menge an heißem Wasser bemerkten wir zuerst im „Hauptbad": Wir wollten an einem kühlen Tag unser großes Bad im Obergeschoß einweihen. Hier wartete ein wunderschönes Badezimmer mit Motivkacheln, schöner großer Fensterfront und einer großen Badewanne auf uns. Natürlich wollten wir diese jetzt ausprobieren. „Tja, das heiße Wasser reicht bloß für etwas mehr als ein Fußbad in der Wanne", stellte ich fest.

„Baden ist hier also undenkbar", merkte Richard an.

Aber warum? Er kletterte nach oben. Es gab für warmes Wasser einen „eher übersichtlichen Boiler" im Dachgeschoss, fanden wir heraus.

Der Platz im Dachgeschoß würde nicht für einen deutlich größeren Boiler reichen, das konnte man sehen. Welche Enttäuschung! Hier ließ sich also nichts verändern. Ich versuchte, zusätzliches warmes Wasser aus einem großen Tauchsieder in die Badewanne zu gießen, aber leider erfolglos: Es blieb zu kalt.

Schade. Das Bad war wunderschön gestaltet und die Kacheln liebevoll mit den Motiven ausgestattet, aber genießen konnte man diese schöne Atmosphäre von der Badewanne aus leider nicht.

Auch eine ausgedehnte Dusche konnte man vergessen, Haare waschen unter der Dusche war stets nicht so einfach. Das heiße Wasser war leider schnell aufgebraucht. Da merkt man erstmal, welch guten Standard wir in Deutschland ganz selbstverständlich genießen können. Aber ich gewöhnte mich daran.

Und der Kamin? Wir kauften Holz und entfachten ein Feuer. Na ja, ganz ehrlich, es klappte so leidlich. Rauch blieb immer etwas im Wohnzimmer hängen und so richtig warm wurde der Raum davon auch nicht. Aber romantisch war es schon und so haben wir ihn ab und zu mit Freude angemacht. Die Kamine sind nicht wirklich für Wärme im Raum gemacht, stellten wir fest, ein Kanonenofen würde besser helfen, aber die waren in Nordportugal noch nicht so verbreitet.

Dann kam der Sommer recht schnell. Wir freuten uns auf Freiluftabende: Ein Vorgarten und eine großzügige Terrasse am

Wohnzimmer. „Da könnten wir ja lauschige Abende mit Blick auf unsere Palme genießen", so hofften wir.

Da hatten wir die Lage unterschätzt. Durch die Nähe zum Meer wurde es jeden Abend, auch wenn es tagsüber schön warm war, spätestens gegen ca. 19 Uhr kühl, teilweise frisch, bedingt durch die relative Nähe zum Atlantik. Selbst mit Decke und Strickjacke war wohl kaum ein Open-Air-Vergnügen am Abend möglich, das erkannten wir schnell. Entspannt draußen zu sitzen, ohne zu frieren, klappte also nicht.

Schade also, dann mussten wir die Terrasse eher tagsüber nutzen. Trotzdem war es für mich natürlich toll, gleich zwei Terrassen zur Verfügung zu haben. Da ich tagsüber mehr zu Hause war, konnte ich sie zumindest ab und zu nutzen und es gab mir immer das Gefühl von Freiheit, da immer die Möglichkeit bestand, sich mal draußen hinzusetzen und dort aufzuhalten.

Dann stand das Thema Lebensmittel und Kochen an: Dafür war ja nun ich zuständig, da ich mehr Zeit als Richard hatte. Ich wollte schmackhafte und halbwegs gesunde Lebensmittel besorgen. Die drei größeren Lebensmittelläden im Ort hielten ein doch recht begrenztes Sortiment an einfachen Produkten des täglichen Bedarfs vor und ich fragte mich bald, wo ich einen richtigen Supermarkt finden konnte.

Sonst gab es im Ort noch einen Blumenladen, einen Fischladen, eine Metzgerei, eine Reinigung und mehrere Bäckereien. Ach ja, und ganz wichtig, einen Zeitschriftenladen an einer der zentralen Ecken im Dorf. Da ja auch immer mal Ausländer kamen und auch dort lebten, hatte das Sortiment des kleinen Ladens deutsche Zeitschriften und auch deutsche Fernsehzeitungen im Angebot. Das war natürlich sehr wichtig. So konnte man immer auf dem Laufenden sein, was das Fernsehprogramm in Deutschland anbelangte. Ich muss zu meiner Schande gestehen, dass wir fast nur das deutsche Fernsehprogramm über unsere Satellitenschüssel anschauten. Manchmal gönnten wir uns kurze Einblicke in RTP1 oder RTP2, aber durch den schlechten Empfang der hiesigen Sender konnte man kaum längere Sendungen anschauen. Außerdem konnte man das aktuelle portugiesische Fernsehprogramm fast überall mitverfolgen, da Fernsehgeräte überall an die Wand geschraubt waren, ob beim Friseur, in der Bar, beim Arzt oder im Restaurant, es lief einfach an jedem Ort.

9. Die Umgebung

Nun zu meinen Eindrücken im Dorf. Ich kann sagen, dass die Atmosphäre mir in tiefer Erinnerung geblieben ist. Es war sehr vielschichtig. Manche Gassen im älteren Kern waren mit ganz kleinen, dicht nebeneinanderstehenden Häusern gesäumt. Wenn ich manchmal vorbeilief, konnte man in die engen, kleinen Zimmer schauen und den Modergeruch riechen, der immer wieder aus den Räumen drang. Einfach typisch für die Feuchtigkeit in der Nähe des Meeres, ist er immer wieder für uns zu einem untrüglichen Zeichen für Nordportugal geworden.

In anderen Straßen unseres Ortes, im reinen Neubaugebiet, entstanden erste, ganz ungewöhnliche Gebäude. Hier residierten schicke, unkonventionell konstruierte Häuser, teilweise in Würfelform, neben phantasievollen Gebäuden mit Türmchen oder eigenwilligen Anbauten, manche mit größeren Glasfronten, das war alles ungewohnt und neu. Dadurch wirkte unser Ort modern und teilweise mondän.

Ich schlenderte vorbei und schaute mir alles genau an. Man konnte Häuser in verschiedenen Bauphasen vorfinden und näher betrachten. Ich war überrascht über die Bauweise wie auch die verwendeten Materialien. Später wurden die Häuser teuer angeboten, Schilder verrieten die Preise. Aber die Immobilien wurden verkauft und es zog neues Leben ein. Wir hatten auch nie in Erwägung gezogen, hier etwas zu kaufen. Das Preis-Leistungs-Verhältnis erschien uns von Anfang an als nicht sehr attraktiv.

Daneben gab es dann noch neuere Viertel wie das, in dem wir wohnten, mit Häusern etwa von 1970 oder 1980. Diese bestanden aus eher kleinen bis mittelgroßen Häusern, teilweise als Reihenhäuser angeordnet und wirkten wie ein homogenes Wohngebiet. Palmen lugten immer wieder zwischendurch hervor, dadurch bekam diese Gegend einen südlichen Anstrich und präsentierte sich sehr positiv.

So gab es jede Menge zu sehen und die Eindrücke waren spannend und aufregend für mich.

Im Januar hatten wir schon erfahren, dass in Portugal die Hunde nicht ausgeführt werden, sondern meistens im Hof angebunden sind und dort auch verbleiben. Das führte natürlich dazu, dass es jedes Mal laute Bellkonzerte gab, wenn man vorbeilief. Richtig angenehm war das nicht, wenn man in Ruhe spazieren gehen wollte. Manche Besitzer beschlossen zudem, ihre Hunde irgendwann wieder loszuwerden, diese landeten dann direkt auf der Straße und lebten fortan dort. Auch dies stellte Hindernisse für einen angenehmen Spaziergang dar. Die Hunde bellten, waren aber alles in allem eher schreckhaft.

Manchmal ging ich zu Fuß von der Hauptstraße zu einer Bäckerei in der Seitenstraße. Ich schaute mir die kleine Straße näher an. Die Bewohner konnten sich tatsächlich gegenseitig in die Zimmer schauen. „Da muss man gut miteinander auskommen", dachte ich laut.

Auch ging ich immer mal wieder zu einer Näherin im Ort. Es war sehr interessant, wie sie lebte und in dem feuchten Anbau für wenig Geld nähte. Man klingelte am Hoftor. Sie kam und machte auf. Man folgte ihr durch die Einfahrt am Haupthaus vorbei in einen Hinterhof. Dort standen viele Kübelpflanzen. Das sah nach einer schönen Oase aus, ging es mir durch den Kopf. Ein kleines Häuschen, direkt an das Haupthaus gebaut, bot Platz für ein kleines Atelier. Ich ging mit ihr hinein und sah jede Menge Kleidung, teils liegend auf dem Tisch, teils auf dem Bügel an der Stange hängend. Es war kalt und feucht, das merkte ich schnell. Was für ein Arbeitsplatz!

Dann existierten in unserem Ort viele sogenannte „Ferienhäuser". Sie wurden meist einmal im Jahr benutzt und waren auch schon etwas in die Jahre gekommen. Das konnte man sehen. Häufig waren Portugiesen ins Ausland gegangen und kamen für drei oder vier Wochen im Jahr, machten hier Urlaub und lebten in ihrem Haus. In manchen Straßen gab es viele davon und die Gegend wirkte recht einsam. Den Rest der Zeit war das Haus den Witterungsverhältnissen ausgesetzt und speziell die Häuser in direkter Meernähe waren nach kurzer Zeit richtig grün. Das erklärt auch, warum jedes Frühjahr viele Leute mit dem Pinsel und weißer Farbe vorstellig wurden. Man musste das Haus wieder sommerfein machen. In unserer Straße waren die meisten Häuser das ganze Jahr über bewohnt, das fand ich schön.

Es gab ein kleines Wäldchen mitten im Ort, dies war auch ein wunderschöner Platz mit großen Kiefern und Bänken zum Rasten. Die Hauptstraße durch das Dorf vereinte die verschiedenen Viertel, wirkte recht gepflegt und gab am Ende den Blick aufs Meer frei. Cafés säumten hier die Straße und im Sommer saßen die Leute auf den typischen Plastikstühlen, mit buntem Dekor der Eiscreme-Firma *Olà* versehen, unter dem Sonnenschirm draußen. Unser Ort war nicht verwinkelt wie manch anderer, eher gradlinig entworfen und bestand aus einer Mischung ganz verschiedener Bauzeiten und Baustile, fast gänzlich ohne Bauernhöfe.

Es gab viele solcher Eindrücke, intensive und prägende, immer wirkte alles ganz anderes als in Deutschland auf dem Dorf.

So auch im Nachbarort *Mindelo*. Dort hatte man versucht, ein kleines Einkaufszentrum zu bauen. In der Tat sind aber nur vier oder fünf kleine Läden in den Gebäudekomplex eingezogen, dieses Areal wirkte daher etwas düster und dunkel, wenig Fenster spendeten Licht in das Innere. Ansonsten gab es hier mehr Bauernhöfe und alte Häuser als in unserem Ort, aber auch wieder ein großes Neubauviertel mit schicken, großen Häusern.

Ansonsten bestand das Nachbardorf aus einer langgezogenen Hauptstraße mit einzelnen Läden an den Seiten und führte geradewegs zum Meer. Die Auswahl der Läden waren ähnlich wie bei uns: kleine Supermärkte und ein riesiger Obstladen. Dieser hatte ein großes und günstiges Angebot. Eine Besonderheit hier war, dass die leeren Kisten einfach neben der Verkaufsfläche hingeworfen wurden, sodass der Laden schnell von Kisten umringt war. Ein seltsamer Anblick, dachten wir. Aber er lag zentral an einer der belebtesten Ecken und wurde viel frequentiert.

Auch gab es wieder einige kleine Cafés und einzelne Bäckereien. Am Ende der Hauptstraße gelangte man ans Meer.

Hier gab es eine kleine Bar. Wir saßen dort oft abends vor dem Abendessen und tranken ein *Fino* (kleines frisch gezapftes Bier). Man konnte auch manchmal draußen sitzen mit Blick aufs Meer, wenn der Wind mal nicht so blies. Die Atmosphäre dort war besonders und entspannend, saß man doch direkt am Meer.

Die meisten Gäste aßen um diese Zeit kleine Nüsse oder Toast. Man leitete so den Abend ein. Im Sommer war hier noch deutlich mehr los als in unserem Ort, es wurde am Strand eine zusätzliche Bar auf einem Holzfundament aufgebaut und Badekabinen gab es auch mehr als bei uns. Das Sommerleben war hier noch ausgeprägter, so dass man die Atmosphäre dort noch mehr genießen konnte.

In einer Seitenstraße entdeckte ich bei einem Spaziergang in Mindelo sogar ein Schwimmbad in einem privaten Club, der auch für die Öffentlichkeit zugänglich war. Es gab ein Außenbecken und war nur im Sommer geöffnet. Der Eintritt war nicht teuer, und die Atmosphäre war doch, wie soll ich sagen, sehr steril. Es gab kaum Pflanzen, Rutschen oder so etwas, einfach nur das Becken, etwas Grasfläche rundherum und der Blick ging auf etwas höhere Häuser ringsherum. Aber es war ein Freibad und die Möglichkeit, dort ab und zu hingehen zu können, war schön. Es ist gar nicht so einfach zu beschreiben, wie der damalige Stil wirklich war. Meistens wurde kein Wert auf eine schöne Atmosphäre gelegt, es gab kaum Pflanzen, viel Beton und wenig Farbe. Dadurch wirkte vieles düster, steril und kalt, war aber der typische Stil zu der Zeit und gefiel wohl den meisten Anwohnern trotzdem. Sie waren es ja auch so gewohnt. Ich gewöhnte mich auch daran und genoss, dass es meistens vormittags recht leer zum Schwimmen war.

Mindelo hatte zudem ja das bereits erwähnte „Villenviertel". Ein österreichischer Kollege von Richard lebte dort und wir bestaunten die schönen, interessanten Häuser. Wir konnten sein Haus auch besichtigen, es war groß und gut ausgestattet, mit einem größeren Garten versehen. Nur wärmer war es natürlich innen auch nicht. Was gab es noch im Nachbardorf? Wie bei uns auch, einen alten Ortskern mit kleinen, engen Häuschen, und ach ja, eine Apotheke in der entgegengesetzten Richtung zum Meer, an der Nationalstraße nach Porto gelegen und den Bahnhof. Man stellte dort das Auto ab und fuhr mit dem Zug in etwa 35 Minuten nach Porto.

Die Fahrt von unserer Ortschaft zum Nachbarort *Mindelo* führte ca. zwei Kilometer durch bereits erwähnten kleinen Wald. Man rumpelte über Kopfsteinpflaster und konnte immer wieder die Pinien riechen. Da das Auto keine Klimaanlage hatte, machten wir meistens die Fenster weit auf und freuten uns über den intensiven Duft der Bäume.

Das Leben vor Ort war so ganz anders als ich es gewohnt war. Intensiv waren diese ersten Eindrücke auf jeden Fall!

Wünschte ich mich zurück in mein altes Leben? Nein. Ich wollte alle Ausblicke, Gerüche und Stimmungen in mich aufsaugen und weiter entdecken.

10. Weitere Schritte zum Residenten

Zum Ansiedeln mussten jetzt noch weitere Maßnahmen getroffen werden. Ein Bankkonto musste her. Schließlich sollte das Gehalt von Richard ja in Landeswährung auf ein lokales Konto bezahlt werden. Ich nahm ein paar Unterlagen mit und dachte, dies sei sicher schnell erledigt. Im Ort gab es eine Filiale direkt an der Ecke der Hauptstraße, das hatte ich schon herausgefunden.

Ich parkte in der Nähe und lief auf das Gebäude zu. Seltsam, die Tür ging nicht auf. Ah, ich begriff, man musste klingeln. Der Kunde ging nicht einfach hinein wie in Deutschland, sondern man musste sein Anliegen vortragen. Ok. Es kam ein Mann im dunklen Anzug und fragte nach dem Grund des Besuches. Ich hatte meine Sätze zu Hause geübt und wurde hineingelassen. Drei oder vier Männer in dunklen Anzügen saßen an Schreibtischen und eine Frau beriet wohl gerade einen Kunden.

Man bedeutete mir, ich solle Platz nehmen und auf die Frau warten. Ich schaute mich um. Es wirkte alles recht konventionell und traditionell, aber ich freute mich sofort, an eine Frau verwiesen zu werden.

Ja, es ging schnell und ich durfte vor ihr Platz nehmen. Auch sie war im dunklen Kostüm standesgemäß gekleidet und ich fand im Gespräch schnell heraus, dass sie länger in Deutschland gelebt hatte. Wunderbar, dachte ich, dann brauchte ich nicht radebrechen und konnte alles schnell klären. Wir konnten Deutsch sprechen!

Nun ja, obwohl wir glückliche Besitzer eines gültigen Mietvertrages waren, stellte sich die Einrichtung des Bankkontos als nicht so einfach dar. Wir sollten Nachweise bringen, dass wir tatsächlich dort wohnten, also eine Stromrechnung oder Wasserrechnung. Die hatten wir noch nicht. Ich fragte den Nachbar Paolo. Er kannte ja das Problem und war schnell behilflich. Zum Glück konnte ich dort ja immer fragen, das war ein echter Vorteil. Er beschaffte uns die nötigen Papiere und es ging voran. Wieder zeigte sich, welch komplizierte Vorschriften in Portugal oft einzuhalten waren, um Alltagsdinge gelöst zu bekommen. Wieder dachte ich, dass wir Glück hatten, solche eine „Hilfe" zu haben.

So ich hatte einen weiteren deutschsprachigen Ansprechpartner gefunden – in der Bank. Das würde sicher helfen.

Bei meinem nächsten Besuch konnte ich sie nach weiteren Einkaufsmöglichkeiten fragen und erfuhr, dass es im benachbarten *Vila do Conde* einen Lidl gab und etwas weiter, im angrenzenden *Póvoa de Varzim* einen richtigen großen Supermarkt. Das waren ja völlig neue Perspektiven!

Ich machte mich auf, fuhr hin und parkte vor dem größten Supermarkt der Gegend. Ich war gespannt, die Waren in Augenschein zu nehmen und alles zu entdecken. Leider verstand ich von den Aufschriften auf den meisten Lebensmittel wenig und bin am Anfang immer mit dem Wörterbuch unterwegs gewesen, um alle Nahrungsmittel genauer kennenzulernen. So dauerte jeder Einkauf anfangs ziemlich lange, aber ich lernte schnell. Die Auswahl war viel größer als im Ort. Die Wurst sah komisch aus, etwas ungewohnt für uns. An Käse gab es ja richtig viele Sorten, fand ich. Klasse. Manche Käsesorten kamen auch aus Frankreich.

Aber manche Waren sahen etwas seltsam aus. Dazu kam noch der anfangs für mich „etwas irritierende Geruch", meistens relativ am

Eingang des Supermarktes gelegen. Erst verstand ich nicht, woher dies stammte. Das wollte ich nun genauer wissen. In der Nähe der Obsttheke kam langsam die Fischtheke in Sicht, mit frischen Waren, aber ach, und hier war des Rätsels Lösung, viel getrocknetem Fisch, also der von Portugiesen so heiß geliebte *Bacalhau* (getrockneter Kabeljau). Dieser lag hier lose in großer Menge. Und stank ziemlich penetrant. Mit der Zeit gewöhnte ich mich langsam daran, aber es gab fast keinen großen Supermarkt in der Nähe Portos, wo man nicht den typischen Gestank vorfand.

Das Einkaufen vor Ort stellte teilweise eine echte Herausforderung dar. Man war einfach andere Waren von zu Hause gewöhnt, merkte ich. Auf der anderen Seite luden die vielen lokalen Käsesorten wie auch nationalen Weinsorten zum Probieren ein. Ich muss dazusagen, man war immer ganz stolz, wenn man beim Lidl ein deutsches Produkt fand und so manches erschien dann einfach sehr wertvoll, da es eine willkommene Abwechslung war und aus der Heimat stammte. Auch im *„Feira Nova"* Supermarkt oder *„Modelo"* Supermarkt in *Vila do Conde* konnte ich immer mal wieder etwas Ungewöhnliches finden, das uns gefiel und war ganz glücklich darüber.

Da ich nicht immer den Weg nach *Vila do Conde* oder *Póvoa de Varzim* fahren wollte, ging ich natürlich auch öfter in die Tante-Emma-Läden im Ort. Der größte von ihnen hatte auch ein vernünftiges Sortiment der alltäglichen Dinge, aber man brauchte eben Zeit. An der Kasse sah ich dann oft, wie die meisten Kunden gar nicht mit Bargeld bezahlten, sondern „anschreiben ließen" in einem

Buch. Das war für mich ein höchst ungewohntes Bild und fortan nannten wir den Laden nur noch den „Aufschreibmann".

Obwohl jetzt alles an seinem Platz war, gab es im Haus dann noch das eine oder andere zu montieren. Auf die Frage, ob es denn einen Baumarkt gibt, ernteten wir nur ungläubige Blicke.

Die Frage nach fehlenden Baumärkten konnte aber vom Nachbar schlüssig beantwortet werden. Wer etwas Geld hat, lässt montieren, und macht dies nicht mehr selber. Auch verständlich, eben aber ganz anders als in Deutschland, und auch schwierig, wenn man wirklich etwas machen muss und Materialien dafür einkaufen soll.

Aber es gab zwei kleine Läden im Ort, die Baumaterial führten. Dort legte ich dann das entsprechende Teil auf den Tresen und sagte in meinem dürftigen Portugiesisch: „Dieses bitte".

Sodann ging der Mitarbeiter ins Lager und das konnte dann dauern. Er kam dann entweder mit mehreren Artikeln zur Auswahl für mich oder mit einem ähnlichen Teil wieder. Da alles nicht so teuer war, kaufte ich einfach etwas von der Auswahl und wir schauten dann, was man davon gebrauchen konnte.

Ein weiterer Aspekt der Hausarbeit war die Hausreinigung. Viel Sand und Staub sammelten sich schnell auf den Außenflächen an, stellte ich fest.

Die meisten Ausländer hatten eine Putzhilfe. Diese konnte man für wenig Geld bekommen. Da unser Haus vier Terrassen hatte, zwei große unten und zwei kleinere oben, und doch einige Zimmer hatte, wollte ich das Putzen nicht alleine machen. So bekamen wir zur Unterstützung, von Kollegen empfohlen, eine junge Frau, Sonia. Sie half bald unerschrocken jede Woche mit.

Sonia kam aus dem Nachbardorf und fuhr pünktlich mit ihrem Mofa vor. Lange blonde Haare lugten unter ihrem Helm hervor und sie wirkte recht freundlich. Ich zeigte ihr alles und wir vereinbarten, dass sie einmal pro Woche für drei Stunden kommt. Der Tag und die Uhrzeit musste genau festgelegt werden, da sie noch einige andere Putzstellen hatte.

Wenn sie kam, legte sie sofort los und rückte auch dem größten Staub auf den Terrassen zu Leibe. Die langen Haare trug sie stets offen und ich bewunderte ihre Tatkraft. Die Verständigung klappte einigermaßen. So konnte ich ein paar Sätze mit ihr wechseln und war jedes Mal stolz, wenn sie mich verstand.

Sie hat auch im Winter so manches Mal mit *Lixívia* (eine Art Chlorreiniger) geholfen, den Schimmel zu beseitigen, der sich schon mal an den Innenwänden des Schlafzimmers und im Bad festgesetzt hatte (wenn es viel regnete, war nicht nur die Außenwand des Hauses nass, sondern drang auch mal nach innen und bildete dann Schimmelflecken).

Ich betreute auch noch andere Bereiche: Finanzen und Buchhaltung. Ich wurde immer mal wieder aus Deutschland angesprochen, wie es denn sei, gar kein Geld selbst mehr zu verdienen.

„Das würde ich nicht wollen, so abhängig zu sein", hörte ich immer wieder. Wie war es tatsächlich für mich? Sicher, ungewohnt am Anfang, aber mein Mann hatte schnell entschieden:

"Du kümmerst dich um all die Dinge rund ums Geld und wir haben ein gemeinsames Konto."

Das klappte dann auch gut und ich war somit zuständig für finanzielle Dinge, größere Transaktionen stimmten wir natürlich zusammen ab. Also, erstaunlicherweise stellte das Thema Geld wie auch der Fakt, kein eigenes Geld zu verdienen, für mich kein Problem dar, und ich war es ja auch, der die meisten täglichen Ausgaben bestritt. Ich gewöhnte mich schnell daran und schließlich hatte mein Mann ja eine Bankerin geheiratet, warum also nicht ihr die Finanzen überlassen? Ich freute mich über sein Vertrauen und war glücklich, eine deutschsprachige Ansprechpartnerin bei der Bank zu haben. Das würde sicher vieles erleichtern, dachte ich.

Zuerst denkt man, es sei alles wie Deutschland, merkt aber dann schnell, dass sich bestimmte Dinge besonders schwierig gestalteten, dazu gehörte auch das Thema „legales Autofahren".

Ein schwieriger Punkt bei der Ankunft war die Einführung des Autos. Wir hatten davon ja vorher schon gehört. Da Portugal Einfuhrzölle auf Autos erhob, konnte man nicht einfach in Portugal mit seinem mitgebrachten Auto und dem deutschen Kennzeichen herumfahren. Das Auto musste offiziell relativ schnell über das Zollamt umgemeldet werden.

Im Portugalforum im Internet fand ich Hinweise über die Abläufe beim Zoll für die Einfuhr. Wenn alles vorschriftsmäßig durchgeführt wurde, bezahlte man nur wenig. Notwendig hierfür war auch eine Art Meldebescheinigung. Diese zu erlangen schien nun doch notwendig zu werden, obwohl es keine Pflicht war wie in Deutschland. Paolo war freundlicherweise bereit, zu helfen. Ich glaube, ohne ihn hätten wir diesen schwierigen Vorgang nicht alleine geschafft.

So gingen wir mit dem Mietvertrag zum Meldeamt und einer Aufenthaltsgenehmigung, die wir dank der Hilfe von Richards Firma von der Ausländerbehörde in Porto ausgestellt bekommen hatten. Ich fühlte mich gut gewappnet.

Das Meldeamt befand sich in der Nachbargemeinde in einem kleinen Haus. Ich denke, ich hätte es nie gefunden, aber Paolo fuhr mit und steuerte uns zielsicher zu einem alten Gebäude. Wir stiegen aus und betraten eine recht altertümlich wirkende Amtsstube mit einem großen Tresen. Im hinteren Bereich des Raumes saßen zwei oder drei Frauen und sortierten Unterlagen, eine Frau kam zu uns vor und fragte nach dem Grund unseres Besuches. Paolo trug unser Anliegen vor und ich legte erwartungsvoll meine Papiere auf den Tresen.

Die Mitarbeiterin meinte doch nicht glatt: „Da brauchen Sie zwei Zeugen."

Wie bitte, ich war perplex. Es gab immer wieder Überraschungen, stellte ich fest. Doch er kannte das ja schon und wir beschlossen, uns auf den Weg zu machen, um dies zu lösen.

Zeugen zu bringen war dann kein Problem. Die beiden deutschen Nachbarn fungierten sofort als solche, kannten sie doch auch die Komplexität der portugiesischen Bürokratie und fuhren mit mir dort wieder hin. Jetzt hatten wir also eine Meldebescheinigung. Diese konnten wir einsetzen, um weitere wichtige Papiere zu erlangen.

Besonders für den Vorgang der Einfuhr des Autos konnte dies der erste wichtige Schritt sein.

Schon vor der Ankunft hatte ich im Portugalforum gelesen, dass die Anmeldung des Autos ein langwieriger Prozess werden würde, versehen mit mehreren Besuchen beim Zoll und verschiedenen anderen Prozeduren. Viel Zeit und Geduld waren dazu nötig. Die hatte ich ja.

Aber der Nachbar half glücklicherweise hierbei auch. Wichtig war, stets die erforderlichen Papiere im Wagen zu haben, damit bei einer der häufigen Polizeikontrollen der aktuelle Stand des Vorgangs stets nachgewiesen werden konnte.

Einem Kollegen von Richard erging es da deutlich schlechter. Er hatte sich Zeit gelassen und ist die ersten Wochen einfach mit seinem Auto und dem deutschen Kennzeichen gefahren. Er hatte nur deutsche Papiere. Am Wochenende ging das noch. Wurde man vom Zoll oder der Polizei angehalten, konnte man sich ja als Tourist auf Durchreise ausgeben.

Aber der portugiesische Zoll entwickelte ebenfalls eigene Strategien der effektiveren Kontrolle unter der Woche. So war man plötzlich auf die Idee gekommen, sich wochentags im Industriegebiet vor den ausländischen Firmen zu postieren und Fahrer mit fremden Kennzeichen herauszufischen und zu kontrollieren. So erging es dann Richards Kollegen. Fein im Anzug herausgeputzt, konnte er schlechterdings als Tourist durchgehen und gab so ehrlich an, seit kurzem hier zu wohnen und zu arbeiten. Konsequenterweise zog der Zoll das Auto ein, er sah es nach knapp sechs Monaten und entsprechender Strafzahlung wieder.

Zum Thema Autofahren möchte ich sagen, dass dies anfangs ein großes Hindernis für mich darstellte. Im Reiseführer hatten wir gelesen, dass es in Portugal die meisten Verkehrstoten in Europa gab. Welch eine Aussage! Im Dorf zu fahren war für mich kein Problem, auch in *Vila do Conde* kam ich bald ganz gut klar, aber nach Porto mit dem Auto? Meistens bin ich mit dem Zug gefahren.

Erst nach ein paar Monaten traute ich mich mit dem Auto direkt nach Porto. Es war jedes Mal nervenaufreibend. Der Portugiese fuhr teilweise noch nicht so lange Auto und war nicht so versiert wie wir im Fahren, stellte ich fest. Das große andere Problem war seine Ablenkung. Ständig wurde zu den Kindern, auch nach hinten oder zur Seite geschaut, und so passierten viel mehr Unfälle als bei uns. Als wir 1999 kamen, wurden gerade viele Autobahnen neu gebaut, ebenso wie große Verbindungsstraßen und Kreisel. Die Infrastruktur war richtig stark im Wachsen.

Dann gab es große Verkehrskreisel zur Einfahrt nach Porto, die nur mit viel Wagemut zu bewältigen waren. Man musste quasi immer für die anderen Autofahrer mitdenken und furchtbar aufpassen. Mit der Zeit gewöhnte ich mich daran und wurde mutiger. Glücklicherweise ist uns in der Zeit nie etwas passiert.

Zum Leben hier gehörte auch das häufige Auswechseln der Gasflasche im Gasofen. Ich lernte, man rief im *Casa Astrid* in *Vila do Conde* an und am gleichen Tag kam jemand mit dem Auto vorbei und brachte die neue Flasche, alles gegen Barzahlung, versteht sich. Mit der Zeit verstand ich auch die Stimme am Telefon und konnte bestellen. Dies waren erste Fortschritte mit meinem holprigen Portugiesisch. Ich war stolz. Man konnte aber auch persönlich vorbeigehen, wenn man sowieso beim Einkaufen war und bestellen (das habe ich anfangs auch so gemacht).

Etwas Modernes muss ich hier berichten: Es gab überall im Land Bankautomaten und man konnte dort Geld abheben, Überweisungen tätigen und den Kontostand abfragen. Auch wurde die Kartenzahlung schon in vielen Supermärkten akzeptiert, man zahlte meistens mit einer Art EC-Karte. In dieser Hinsicht war die Entwicklung in Portugal weiter. Da die Beträge anfangs in Escudo waren, musste man sich an die hohen Summen gewöhnen und umrechnen, aber die Automaten ersetzen hier oft das Banking. Das war wirklich praktisch.

Immer wieder stellte ich fest, dass Hilfe bei vielen Dingen nötig war. Man kann also fairerweise sagen, dass ich ohne die Unterstützung von Paolo nicht so gut zurechtgekommen wäre. Er kannte ja die ganzen Vorgänge, hatte schon oft auch anderen Deutschen geholfen, die hier angekommen waren und so war er immer hilfsbereit und ich konnte nachfragen. Was für ein Glück! Aber man war natürlich aufeinander angewiesen und ich musste mich auch nach seinen Zeitfenstern richten. Da ich ja über Zeit verfügte, war dies jedoch nicht schwierig.

Manche Erfahrungen werden hier recht negativ geschildert. Wo bleibt das Positive? Neben den bürokratischen Aufgaben darf man die neuen Freiheiten für mich nicht vergessen. Nämlich viel draußen zu sein und den nahenden Sommer mal hautnah ganz anders als in Deutschland genießen zu können. Die vielen Bars und kleinen Cafés ermöglichten immer, sich mal nett irgendwohin zu setzen und die Sonne zu genießen. Im Sommer fühlte sich *Vila do Conde* tatsächlich wie ein Urlaubsort an und wurde auch als solcher von den Portugiesen genutzt.

Und nicht zu vergessen: der herrliche Blick in die Natur und die vielen Bäume, die von unserem Haus aus zu sehen waren, ebenso wie der belebende Spaziergang am Meer. Auch staunte ich immer noch, in einem Haus leben zu dürfen und genoss die ungewohnten Platzverhältnisse.

Bisher hatte sich unser Mut auf jeden Fall gelohnt. Die besonderen und beeindruckenden Erlebnisse in einem kleinen Ort ganz nahe am Atlantik waren faszinierend. Ein bisschen Abenteuerlust war trotzdem gefragt und das war ja auch mit ein Grund, warum ich gekommen war. Manchmal konnte ich es noch gar nicht fassen, dass ich tatsächlich hier gelandet war!

Es gab noch so viel zu entdecken, in Porto, in der Umgegend und natürlich auch im ganzen Land. Schließlich kannten wir das Land im Westen Europas kaum und freuten uns schon auf viele Reisen.

11. Alltag

Ich will unseren Alltag näher beschreiben. Wir konnten relativ spät (für deutsche Verhältnisse) aufstehen, ca. gegen 8 Uhr und frühstückten auf den Barhockern in unserer offenen Küche zusammen. Dann fuhr ich Richard in die Fabrik, das war nur ca. sieben Autominuten entfernt. Vor 9 Uhr morgens erschien fast keiner der Kollegen, so dass der Arbeitsbeginn für ihn ab 9 Uhr Sinn machte. Wir hatten nur das eine Auto und hielten dies auch für sinnvoll. Zweimal die Woche erschien morgens für 90 Minuten eine Sprachlehrerin von Inlingua und wir lernten zusammen im Wohnzimmer Portugiesisch. Das machte Spaß. Dies waren meine ersten tieferen praktischen Erfahrungen mit Sprachunterricht, den lieben Professor in München hatten wir schon fast vergessen.

Die Sprache ist schwer zu lernen, und durch die vielen Zischlaute auch akustisch schwierig zu verstehen, je nach Gegend, das verstanden wir jetzt. Auch die vielen Konjunktive, welche zu lernen sind, machten uns Kopfzerbrechen. Aber wir haben uns bemüht und den gemeinsamen Unterricht fast zwei Jahre durchgezogen. Problematisch ist bei den meisten Ausländern, wie auch bei uns, dass man im Haus nur Deutsch redet und die deutschen Kanäle über eine SAT-Schüssel schaut. Der Empfang für portugiesisches Fernsehen war zu schlecht und daher kaum möglich. So blieb nur, draußen möglichst viel zu sprechen. In der geschriebenen Werbung konnten wir dann langsam etwas übersetzen, gesprochene Sätze zu identifizieren war weiterhin schwierig. Auch konnte man natürlich unser Portugiesisch schlecht verstehen und mehr als einmal war ich frustriert, weil man mir deutlich zeigte, dass es zu mühsam war, mir zuzuhören. Den Klang der Sprache einigermaßen realistisch hinzubekommen, war einfach nicht leicht.

Auf dem Nachbargrundstück neben unserm Haus konnte ich immer mal wieder die Angestellte reden hören, wenn sie mit dem Hund oder einem Kind tagsüber redete. Ich schnappte Fetzen auf wie *está bem* (geht's gut)? oder *com licença* (Entschuldigung), *anda* (komm), und fragte dann bei der Sprachlehrerin nach, um was es sich hier handelte. Wir lernten, dass dieses *com licença* universell einsetzbar ist und in vielen Situationen benutzt wird. Wir haben es selbst ausprobiert, und ja, es klappte. So waren die Fortschritte langsam sichtbar. Ich fand es wichtig, die Alltagssätze der Portugiesen zu verstehen und prägte mir immer mal wieder etwas ein, wenn ich etwas im Gespräch heraushörte.

Mittags, so gegen 12 Uhr, aßen wir manchmal zusammen. Der Portugiese macht durchaus eine Mittagspause, nicht eine Siesta wie in Spanien über eine lange Zeit, aber 30 bis 60 Minuten sind schon normal. Es gab kleine, einfache Restaurants in unserem Ort *Areia* mit günstiger Hausmannskost, die man meistens gut essen konnte, mehre Tagesgerichte standen jeweils zur Auswahl. Dort gingen wir öfter hin. Ein anderes Mal kochte ich auch mittags oder wir fuhren in den Nachbarort *Mindelo*, dort konnte man mit Blick auf das Meer zu Mittag essen. Dies waren dann seltene, besondere Momente, die wir auch wertschätzten, da es doch außergewöhnlich ist, in seinem Alltag mittags mit Blick auf das Meer zu speisen.

Auch ist es für den Portugiesen üblich, zum Essen mittags Wein zu trinken, den lokalen Tischwein konnte man schon für ganz wenig Geld bekommen. Das haben wir nicht so genutzt, aber wenn ich später ab und zu mit dem Nachbarn und seiner Frau beim Mittagessen war, habe ich manchmal ein Glas Hauswein probiert.

Die schönsten Momente in der Mittagspause waren bei einem seltenen Picknick direkt am Strand. Wir blinzelten in die Sonne und genossen den Blick aufs Wasser. Wenn man zudem das Glück eines windstillen Moments hatte, war es herrlich.

Abends ging die Arbeitszeit bis 18 oder 19 Uhr, selten deutlich länger, und ich holte Richard wieder von der Fabrik ab. Dann aßen wir zusammen zu Hause oder gingen essen im nahegelegenen *Vila do Conde*.

Sonntags machten wir meist eine Erkundungstour und lernten so die Umgebung kennen. Da Richard wusste, dass ich unter der Woche nicht so viel erlebte, bemühte er sich meist, mir und auch uns beiden sonntags neue Eindrücke zu verschaffen. Das habe ich ihm hoch angerechnet und freute mich jedes Mal. Es gab nette Städtchen zum Bummeln und manchmal ein Besuch im Shoppingcenter oder auch mal einen Spaziergang am Meer.

Wenn man am Sonntagmittag essen gehen wollte, musste man allerdings viel Geduld mitbringen. An manchen Plätzen standen die Gäste bis auf die Straße und warteten geduldig auf einen freien Platz. Innen angekommen, ging dann die Warterei weiter. Man musste manchmal bis zu einer Stunde auf sein Essen warten. Essen gehen ist immer noch ein beliebtes Hobby des Portugiesen, für einen freien Platz wartet man da schon mal gerne. Spannend konnte auch die Heimfahrt nach dem Sonntagsbraten werden. Formell galt Alkoholverbot am Steuer, sonntags interessierte dies aber offensichtlich niemanden. Der Tischwein gehörte selbstverständlich zum Essen. Und je nach konsumierter Menge waren die Fahrer dann mit Vorsicht zu genießen. So überließ ich die Fahrt am Sonntag gerne Richard und beobachte aufmerksam die Fahrkünste der anderen.

Ausflüge in die Umgegend mochte ich gerne, man musste nur herausfinden, wo. Im Wald konnte man ja kaum spazieren gehen wie bei uns, bedingt durch das schon angesprochene Müllproblem, aber auch durch die Tatsache, dass viel Wald hier privat ist und es keine öffentlichen Wege gibt. Später wurden nach und nach am Meer in verschiedenen Orten nahe *Areia* kleine Holzstege und Wege gebaut, dies war dann eine schöne Alternative und man hatte beim Spazierengehen immer einen herrlichen Blick aufs Meer.

Unter der Woche gingen wir dann eine Zeit lang abends trainieren oder schwimmen in *Póvoa de Varzim*. Zu dem relativ neuen Sportkomplex gehörten ein Schwimmbecken und ein Fitnessstudio. Wir konnten Tageskarten kaufen und gingen hinein.

Ich lief zu den Umkleidekabinen. Hier waren die Wände schon etwas grün, na ja. Meine Badekappe musste ich noch mitnehmen, das war hier Pflicht und los ging es. In einer großen verglasten Halle fand sich das 50-Meter-Schwimmbecken. Das sah ja einladend aus. Doch ich wollte weiter und ging an den Tribünen vorbei nach oben. Ein Fitnessstudio war oberhalb eingebaut und lockte wieder mit schönen Glasfassaden. Ich trat ein und traf Richard. Wir bekamen eine kurze Einweisung und es konnte losgehen. Wir machten uns an die Geräte und freuten uns sofort über den herrlichen Blick. Man konnte tatsächlich aufs Meer schauen! Und das beim Trainieren!

Sport war ja noch relativ neu zu dieser Zeit und diese Abwechslung gefiel uns gut.

Gegenüber gab es ein dazugehöriges Freibad, das probierte ich werktags auch mal aus. Es war nicht tropisch schön, aber ganz gefällig. Auch hier gab es wenig Pflanzen, nur ein bisschen Liegewese, rundherum leider nur Beton, aber immerhin Liegen zum Sonnenbaden und ein Kiosk für Essen und Trinken.

Ansonsten versuchte ich mich auch in der für mich neuen Aufgabe: Gartenarbeit. Ich dachte anfangs, dem kleinen Vorgarten meine Vorstellung von Garten aufzwingen zu können, in dem ich neue Sträucher und Blumen, an der Seite zumindest, pflanzte. Ich musste aber schnell feststellen, dass das Klima, geprägt von sehr viel Wind mit teilweise viel Regen, seine eigenen Bedingungen diktierte und begnügte mich später damit, die Sträucher an der Seite einfach zu stutzen und zu bearbeiten. Auch meine Kübelpflanzen gediehen nicht so wirklich und fielen durch den vielen Wind ständig um. Ich merkte, dass Gartenarbeit nicht wirklich mein bevorzugtes Gebiet werden würde, zumindest nicht in diesem Klima.

Auch den Gang aufs „Wasseramt" habe ich nicht vergessen. Da die alltäglichen Problemlösungen ja zu meinem Arbeitsbereich gehörten, war ich für die Lösung dieser weitgehend alleine zuständig. Hier kann ich aber wieder betonen, dass der Nachbar immer weitergeholfen hat und mir schnell sagte, was zu tun sei. Es gab zu der Zeit noch keine Abbuchungsaufträge. Man bekam einen Zettel mit der Zahlungsaufforderung per Post zugesandt und ging dann damit ins Rathaus nach *Vila do Conde*. Sodann stellte man sich an und zahlte bar. Wenn man dies mal vergessen hatte, musste man Strafzins bezahlen, ein Säumniszuschlag quasi. Sehr interessanter Vorgang!

Als Nächstes musste jetzt endlich mal ein Friseurbesuch für mich her. Ich hatte lange gewartet, aber nun musste ich mich trauen. Richard hatte schon seine Erfahrungen im kalten Salon in *Areia* gemacht und kam damit zurecht, dauerte es doch meist nicht lange bei ihm. Es gab mehrere kleine Friseurläden im Dorf, aber auch wieder alle ungeheizt. Ich wollte etwas anderes für mich ausprobieren.

In *Póvoa de Varzim* gab es eine autofreie Ladenstraße mit dicht aneinandergereihten unterschiedlichen Geschäften. Eine große Drogerie fiel mir auf. Dort sollte es im Obergeschoß ein Friseur geben. Ja, tatsächlich, ich ging die Treppe hoch und es sah recht einladend aus. Ich probierte meinen Wortschatz aus.

„Was möchten Sie haben?", fragte man mich.

„Waschen und Färben hätte ich gerne", sagte ich. Für die Farbe legte man mir einen Katalog mit Farbtönen vor. Ich war noch etwas unschlüssig. Dann entdeckte ich unsere deutschen Produkte von Wella im Regal.

"Etwas aus dieser Serie und Sie empfehlen mir den Farbton." Verwunderung kam auf, aber die Frisörin nickte, riet mir zu einem Dunkelblond, ähnlich meiner aktuellen Farbe und ich war zufrieden. Sie legte los und ich verstand wenig. An eine Unterhaltung wie zu Hause konnte man hier nicht denken, das war klar. Aber es klappte gut und ich bin dann immer wieder hingegangen, speziell da es dort seltsamerweise im Winter nicht so kalt wurde. Auch eine Dauerwelle haben wir ein anderes Mal hinbekommen. Offene Fragen ließen sich immer mal wieder mit Hand und Fuß klären.

Einen Routinecheck beim Arzt wollte ich mal durchführen. Doch wohin? Ich fragte wieder unseren Nachbarn Paolo und er empfahl mir, nach *Póvoa de Varzim* zu fahren. Ich machte mich gleich auf. Dies war nur zwei Ausfahrten auf der Autobahn entfernt. Ziemlich in der Nähe der Abfahrt sollte sich ein Krankenhaus befinden, welches man für ambulante Besuche aufsuchen musste, da es weniger Arztpraxen gab als bei uns. Ich parkte auf dem dazugehörigen Parkplatz und ging hinein. Es war recht gut organisiert und strukturiert, so dass man schnell Hilfe bekam, merkte ich. Notwendig war allerdings, dass man sofort für die Behandlung zahlte. Wenn man nun denkt, es war sicher nicht voll dort, der irrt. Von vielen Portugiesen genutzt, war der Andrang immer groß, es war einfach normal für viele Bürger, für den Arztbesuch zu bezahlen, um eventuell eine etwas bessere Betreuung als im noch viel volleren staatlichen Krankenhaus zu erhalten. Alles klappte gut und ich war zufrieden.

Um manche Papiere musste ich mich noch kümmern. Heute war mal so richtig Zeit. Das Thema Führerschein musste jetzt wieder aufgegriffen werden. Da wir ja jetzt schon einige Zeit in Portugal wohnten, und ich immer noch ohne Führerschein unterwegs war, musste nun eine Klärung der Angelegenheit her.

Ich rief bestimmt ein dutzendmal in München an, um zu erfahren, wann die neuen Führerscheine fertig seien, leider ohne Ergebnis. Eines Tages bekam ich einen Anruf: „Ihre neuen Papiere sind fertig, diese müssen aber eigenhändig abgeholt werden."

Wie sollten wir das bewerkstelligen? Mein Mann musste jetzt eingeschaltet werden, ich kam hier nicht weiter.

Nach mehreren Telefonaten erreichte Richard dann beim Stellenleiter der Behörde in Deutschland, dass die Führerscheine doch versendet werden können. Das Konsulat in Porto sollte der Adressat sein und wir könnten sie dann dort abholen. Das klang gut, Rettung war in Sicht.

Leider lief hier auch wieder etwas schief. Ich telefonierte regelmäßig mit dem Konsulat und konnte es gar nicht glauben, dass aus irgendwelchen Gründen die Führerscheine nicht auftauchten und keiner wusste, wo wir noch nachfragen konnten.

So manch schlaflose Nacht fragte ich mich, wie wir dieses Problem lösen konnten. Schließlich kam eines Tages der rettende Anruf:

„Ihre Papiere sind in Lissabon bei der Botschaft gelandet", so hörte ich, „und werden jetzt zum Konsulat nach Porto geschickt."

Was für eine Erleichterung! Da konnten wir ja hinfahren.

Das ganze Missgeschick führte dazu, dass ich sogar mehrere Monate ohne gültigen Führerschein herumfahren musste! Zum Glück hatte mich aber nie jemand dabei erwischt.

Eine andere notwendige Behörde lernten wir noch kennen: das Finanzamt in *Vila do Conde*. Da mussten wir uns jetzt durchkämpfen. Richard nahm sich Zeit und ging mit. Wir parkten direkt davor und gingen hinein.

Ein unglaublicher Anblick bot sich: Als Besucher schaute man auf jede Menge offene Aktenschränke mit einer Unmenge von Ordnern, davor saßen Mitarbeiter an Schreibtischen und bearbeiteten Dokumente. Der ganze Raum war zudem mit Papier und Aktenordnern überfüllt, alles erschien unübersichtlich und unstrukturiert, aber es existierte sicher ein System. Wir schauten unschlüssig. Ah ja, an einem größeren Tresen in einem relativ kleinen Raum durfte man vorsprechen. Die Schlange war nicht allzu lang und wir erklärten unser Anliegen. Kein Problem, wir bekamen Formulare ausgehändigt. Gut, wir füllten diese so gut es ging, aus, und marschierten sodann mit unseren Unterlagen zum nächsten Schalter. Wir sind nach kurzer Wartezeit gut mit den Anforderungen zurechtgekommen und verließen befriedigt das Amt. Dies war für unser Dafürhalten ein Besuch in der antiken Welt früherer Tage und ist uns tief in Erinnerung geblieben.

Auch wegen der Bezahlung der Kfz-Steuer habe ich mich dort das eine oder andere Mal angestellt, meistens war dies nur ein Formular und ich bezahlte es gleich bar. Das klappte gut.

Neben dem Alltag beleuchtete ich immer mal wieder mein Seelenleben. Man könnte ja meinen, der Tag sei ausgefüllt und ich zufrieden. Doch nein, so fühlte es sich nicht an. Es tat sich unvermittelt ganz viel freie Zeit auf. Damit hatte ich nicht gerechnet. Man kam immer mehr zum Nachdenken und ich merkte, ich war nicht glücklich oder zufrieden. Es fehlte etwas. Eine Aufgabe. Ich fühlte mich plötzlich wie ein Pilger auf Pilgerreise. Ganz viel Zeit zum Nachdenken und viele Fragen: Wer bin ich wirklich? Was liegt mir?

Also musste ich herausfinden, was mich wirklich ausmacht, was ich gerne mache und was ich noch machen möchte. Nachdem ich gute 19 Jahre ohne Pause gearbeitet hatte, hatte ich geglaubt, es müsse einfach fantastisch sein, im Garten zu sitzen und nichts machen zu müssen, einfach mal frei zu haben. Am Anfang verspürte ich diesen wohltuenden Zustand der Freiheit, aber mit der Zeit machte sich eine Art leichte Unruhe breit, Fragen nach dem Sinn stellten sich.

Rückwirkend betrachtet, glaube ich, dass jeder Mensch bzw. jede Frau in dieser Situation anders reagiert. Ich meine, das ist Typ-Sache. Es gibt sehr wohl Frauen, die diese Situation als gut und positiv erachten würden, einfach mal nichts tun zu müssen. Für mich war es das nicht.

Ich lernte gerade mehr über mich und fand schnell heraus, dass Dinge wie Erfolg, Kommunikation und geistige Herausforderungen für mich wohl wichtiger waren, als ich das je eingeschätzt hätte. Wie hätte ich auch wissen können, was mir wirklich Spaß macht, ich hatte es ja vorher nie eine Pause gemacht und es ausprobiert.

Einiges fehlte wohl jetzt definitiv. Auch wenn meine Tätigkeit als Beraterin zuletzt viele Haken und Hindernisse aufgewiesen hatte, waren Faktoren wie Erfolg, Anerkennung und Kommunikation wohl wichtig gewesen, nun aber völlig weggebrochen und ich merkte, wie sehr sie mir doch fehlten. Also war ich schon einen Schritt weitergekommen. Ich hatte etwas herausgefunden. Es musste eine neue Aufgabe her, möglichst eine geistige Herausforderung. Und kleine Erfolgserlebnisse zu verspüren wäre auch gut. Dies hieß nun, gezielt auf die Suche nach einer neuen Aufgabe für mich zu gehen.

Man konnte bei den Ehefrauen von Richards Kollegen anfangen. Ich erkundigte mich bei anderen Deutschen und fand heraus, dass es mehrere Konzepte zur Gestaltung der Zeit der Frauen vor Ort gab. Bei einigen deutschen Kollegen sind die Frauen einfach für ein paar Monate nach Deutschland gegangen, man behielt dort seine Wohnung oder Haus. Manche kamen auch nicht mehr wieder und wir haben mehr als eine Ehe damals scheitern sehen. Zumal die Frauen oft nicht die Mühe auf sich nahmen, diese schwierige Sprache zu erlernen. Dies war jedoch kein Modell für mich.

Dann gab es Ehefrauen der Engländer, Schotten oder auch Spanier, sie suchten sich Jobs und arbeiteten als Sprachlehrerinnen, machten Übersetzungen und solche Dinge. Das war schon eher ein Modell. Als Sprachlehrerin am Goethe-Institut konnte man eine Ausbildung machen, lernte ich. Das überzeugte mich noch nicht.

„Ich denke nicht, dass das zu mir passt", ging mir durch den Kopf. Für Engländerinnen oder Spanierinnen war es einfach, im Bereich der Übersetzungen zu arbeiten. Aber das hatte ich ja auch nicht gelernt.

Ich fuhr zum Konsulat nach Porto und nahm die deutsche Zeitung mit, die monatsweise herauskam. Vielleicht ließ sich hier etwas finden. Ich entdeckte eine Notiz für ein Frauenfrühstück. Da wollte ich jetzt hin. Man hatte in Lokal in Porto gewählt und traf sich dort. Ich lernte ein paar der deutschen Frauen näher kennen. Alle hatten ja in Deutschland Berufe erlernt oder Studiengänge absolviert. Ob sie vor Ort Arbeit finden konnten - die Antwort kannte ich schon aus dem Portugalforum, sie bestätigte sich hier auch nochmal.

„Um eine Stelle in Portugal zu bekommen, musst du nochmal die gleiche Ausbildung oder den gleichen Studiengang vor Ort absolvieren."

Klar, dass das niemand von uns vorhatte. Daher fand auch keine der Frauen Arbeit. Sie blieben meist zu Hause und kümmerten sich um die Kinder. Die meisten der Frauen schickten ihre Kinder auf die deutsche Schule in Porto. Auch in der deutschen Kirchengemeinde gab es wohl solche Gruppierungen. Hier wurde die gesellschaftliche Position innerhalb der „deutschen Gemeinde" durch die Stellung des Ehemannes in der jeweiligen Firma definiert, hörte ich aus ihren Erzählungen. Da passte ich sicher nicht hinein, und Kinder wollten wir beide auch nicht.

Dann gab es Frauen, die sich mit dem Hundeproblem beschäftigten. Da ja der portugiesische Hund, wie schon erwähnt, im Dorf meist an der Kette im Hof lebte oder ausgesetzt wurde und als Straßenhund endete, gab es viele von ihnen, wild und verängstigt auf der Straße. Manchmal wurden sie dann auch von der Stadtverwaltung eingefangen und ins Tierheim gebracht. Deutsche Frauen, die hier lebten, nahmen manchmal diese Straßenhunde auf und kümmerten sich um sie. Manche ließen die Hunde auch teilweise nach Deutschland transportierten. Da wurden Flugpaten gesucht. Das war kein Modell, das mich interessierte.

So hatte ich einige Modelle zum Zeitvertreib bei den Ehefrauen der hier tätigen Männer kennengelernt, aber bisher nichts gefunden, was mir direkt zugesagt hätte. Das hieß: weiterüberlegen.

12. Entdeckungstour in Porto

Wir erkundeten Porto immer mehr. Ich kann sagen, dass die Aussicht auf Porto, vom Fluss aus gesehen, immer ein Blickfang war und dies all die Jahre über auch so blieb. Dieses fast schon besondere Fotomotiv hat sich in den Jahren nie abgenutzt, ebenso der Ausblick nach *Vila Nova de Gaia* mit seinen hölzernen, pittoresken Portweinbooten. Wir erkundeten weitere Portweinkellereien und sind dann gerne immer wieder, auch mit Besuch, zu *Taylors* (englische Portweinkellerei) gegangen. Es gab eine gute, kurzweilige Führung in mehreren Sprachen, am Ende wurde etwas Portwein serviert und man sollte natürlich auch dann etwas kaufen. „Highlight" der Kellerei war aber das Restaurant. Man saß wunderschön an teilweise runden oder ovalen Tischen und genoss durch die großen Glasfenster den fantastischen Blick zum Fluss hinunter und nach Porto hinüber. Hier erlebte und fühlte man das alte herrschaftliche Portugal mit seiner antiken Atmosphäre, so schien es.

An Museen gab es damals nur eine kleine Auswahl, ein Gemäldemuseum befand sich im Umbau, mehrere kleinere Museen waren jedoch zu besichtigen. Es gab interessante Arten darunter, wie z.B. das Eisenbahnmuseum. Dies war sehr eindrucksvoll gestaltet, man konnte die einzelnen Straßenbahnwagen besichtigen, von innen und außen. Die zeitliche Abfolge führte den Besucher in die Entwicklung der verschiedenen Wagen und ihrer jeweiligen Gestaltung.

Dann gab es das *Museu Romântico*, interessant und reichhaltig innen ausgestattet, gestattete es dem Besucher durch die gut gelungene Möblierung einen wahrhaftigen Eindruck von früheren Zeiten zu erlangen. Man schlenderte durch die verschiedenen Räume und bewunderte den Glanz der früheren Bewohner des Hauses. Geschichtlich gab es hier auch einiges zu lernen und wir freuten uns, unsere Kenntnisse hier erweitern zu können.

Angrenzend an das Museum war das Portweininstitut zu finden. Hier konnte man an schönen Tagen auf der Terrasse sitzen und einen Portwein für einen geringen Preis genießen. Man saß an netten kleinen Tischen, schaute auf die umgebende Natur und ließ seinen Blick bis hinunter zum Fluss *Douro* schweifen.

Weitere Kirchen standen noch auf der Liste der Sehenswürdigkeiten. Ein Highlight war die Kirche *Igreja São Francisco*. Sie bot ein sakrales Museum, in dem man Kunstschätze in unübertroffenem Stil bewundern konnte, dies war auch immer sehr gut geeignet, wenn man Besuch aus der Heimat bekam. Von außen recht unscheinbar, hat innen das viele Gold zu einer reichhaltigen Ausstattung geführt. Weitere sehenswerte Barockkirchen luden zu einem Besuch ein.

Am Flussufer des *Douro* entdeckten wir das große Portweinmuseum: hier gab es einen recht professionell aufgemachten Einblick in die Kunst der Portweinherstellung. Man schlenderte durch verschiedene Räume und bekam einen umfassenden Einblick in den Ursprung des Weins sowie auch deren weitere Verwendung bis hin zum Portwein. Die Atmosphäre war etwas steril, aber die Informationen interessant und lehrreich. Es wurde ein kleiner Eintritt verlangt und zum Schluss konnte man wieder etwas probieren und kaufen.

Besonders gerne gingen wir im Stadtteil *Foz* spazieren. Hier säumten hölzerne Wege die verschiedenen Strandabschnitte und man konnte bei jedem Wetter einen ausgedehnten Spaziergang machen. Dies war einer der wenigen Möglichkeiten, einen richtig langen Weg am Stück laufen zu können. In Richtung Zentrum erreichte man an dessen Ende eine wunderschöne Palmenallee mit Sitzbänken, dies stellte auch ein beliebtes Ausflugsziel für Angler und Spaziergänger dar. Man konnte hier sitzen und das Leben und bunte Treiben der Portugiesen studieren. Vor dieser Allee parkten immer ganz viele Autos und die Leute saßen oft vorne in den Autos in der Sonne und lasen, häkelten, oder dösten einfach vor sich hin. Erst verstanden wir das nicht und fragten bei der Sprachlehrerin nach. „Da es in den Häusern nicht so warm ist, genießt man eben die Wärme im Auto." Ach so war das also.

Manchmal gingen wir auch über Brücke *Dom Luís* in das benachbarte *Vila Nova de Gaia*, um am Fluss draußen zu sitzen und die Leute zu beobachten.

Aber Porto bot noch mehr. Ganz in der Nähe gelegen, sah man eine große weiße Kuppel hervorstechen, das *Palacío Cristal*. Wir parkten das Auto und gingen auf die durch einen hohen Zaun abgeteilte Anlage zu. Man trat durch ein schmiedeeisernes Tor und spazierte durch einen kleinen, mit Beeten nett angelegten Garten. Bänke standen immer wieder großzügig verteilt herum und luden zum Entspannen ein.

Der große Weg in der Mitte führte direkt zum *Palacio*. Wir waren neugierig, wie es innen wohl aussah. Doch hier hatte man nicht viel schöne Architektur eingesetzt. Eine eher unscheinbar zu nennende Mehrzweckhalle empfing den Besucher.

„Hier gibt es wohl verschiedene Ausstellungen und andere Events", mutmaßten wir. Wir gingen um das Gebäude herum. Wir fanden einen Eingang und sahen Hinweise auf Veranstaltungen, die Halle war aber abgeschlossen. Wir wandten uns wieder dem eigentlichen Park zu. Doch zuerst wollten wir etwas essen.

Am Gebäude direkt befand sich ein Lokal mit Selbstbedienung. „Eine tolle Möglichkeit, ohne stundenlanges Warten eine leckere Mahlzeit zu genießen, wir können sogar im Freien sitzen, rief ich aus."

Die Auswahl am Buffet innen war super. Wir gingen mit unseren vollgeladenen Tabletts nach draußen, verscheuchten ein paar Vögel und fanden einen schönen Platz. Man schaute auf eine netten Teich mit Schwänen und genoss sein Menü. Herrlich! Gut gestärkt, wollten wir nun weiter.

Wir bogen um die Ecke. Ein wunderschöner, facettenreicher Garten kam in Sicht. Große Laubbäume wechselten sich mit Pinien und Palmen ab. Sogar ein Rosengarten kam in Sicht. Man wanderte in verschieden gestalteten Gartenteilen in Richtung Fluss hinunter und erreichte im Verlauf eine palmenumsäumte Allee, die einen atemberaubenden Blick auf den Fluss *Douro* und seine Umgegend freigab. Wir waren begeistert.

13. Im Restaurant speisen

War ich doch zu Hause auch gerne essen gegangen, sollte dies hier in den gehobenen Restaurants wirklich zum Erlebnis werden. Das Thema „Essen gehen" gestaltete sich mit der Zeit zunehmend sehr positiv, bedingt durch einen herausragenden Service. Meist bedienten nur Männer. Stammgäste wurden wirklich sehr gut bedient und fast hofiert, anders als in Deutschland und tatsächlich sehr zuvorkommend. In *Vila do Conde* entdeckten wir ein Fischlokal, direkt über dem Strand gebaut, und probierten es aus. Man kann sagen, wir sind dort viele Jahre mit Begeisterung hingegangen. Blick, Qualität wie auch Service waren dort immer herausragend. Es wurde tatsächlich unser Lieblingslokal. Um 19.30 Uhr (die übliche Öffnungszeit in Portugal am Abend) machte es auf, wir waren meistens einer der ersten Gäste und suchten uns einen Platz in die Nähe des Fensters. Faszinierend, und zu jeder Jahreszeit anders, glitt der Blick über das funkelnde Wasser. Wir fühlten uns sofort wohl. Im Sommer blieb die Sonne natürlich etwas länger zu sehen und man konnte in Ruhe im Verlauf des Abends den Sonnenuntergang über dem Meer bewundern. Sodann erschien der Chef und wir bestellten Getränke und Essen. Die Speisekarte änderte sich nie, wir kannten auch schon alle Gerichte, waren aber immer wieder positiv angetan von der gleichbleibend überdurchschnittlich hohen Qualität der Speisen. Auch die Kellner wechselten über die Jahre nie und sie erkannten uns immer sofort, wenn wir hereinkamen. Das blieb immer ein schönes Gefühl. In Erinnerung geblieben ist mir auch der Nachtischwagen, der ziemlich direkt nach der Hauptspeise angerollt wurde. Er bestand aus drei Etagen, alles wurde mit Geduld genau erklärt und leider konnte man diesem selten entgehen und probierte etwas von den leckeren Versuchungen.

Brasilianische Lokale gab es auch ein oder zwei in der Gegend, hier konnte man hervorragende Fleischqualität bekommen. Das hieß, verschiedenartige Fleischstücke wurden am Spieß gegrillt und sodann heiß dem Gast direkt am Spieß serviert. Man konnte so viel essen, wie man wollte. Das Ganze war sehr gesellig und nannte sich *Rodízio*.

Zu besonderen Anlässen hatten wir hierzu zwei Adressen und genossen die elegante Atmosphäre dort. Die Tische waren jedes Mal stilvoll eingedeckt, man aß nur eine kleine Vorspeise und wurde danach immer wieder mit neuen Fleischsorten am Spieß überrascht und wählte aus, was man haben wollte. So konnte man gemütlich und langsam speisen. Nur im Winter, wenn alle Räume sehr kalt waren, froren wir in der langen Prozedur manchmal doch. Aber die exquisite Einrichtung und der hervorragende Service war es natürlich wert.

Es gab noch das eine oder andere Stammlokal, welches wir über die Jahre besucht haben. Die Weine waren stets von guter Qualität und waren auch nicht teuer.

Gut gefallen hat uns auch, dass man sofort Vorspeisen in verschiedener Art hingestellt bekam und nur das bezahlte, was man auch mochte und abnahm. Aber so musste man nicht eine Stunde hungern, bis das Essen kam und die Laune besserte sich gleich, gerade wenn man hungrig ankam und der Magen schnell besänftigt wurde. Meist gab es Käse, Thunfischpaste, Tintenfischsalat, Schinken, Krabben, Oliven oder andere Appetithappen als Vorspeisen. Und es machte das Ganze gemütlicher. Salate gab es weniger, Suppen hingegen auch oft, meistens aber die übliche etwas fade Gemüsesuppe.

Wir haben zudem immer wieder schöne Abende mit portugiesischen Kollegen von Richard erlebt und tafelten dann mehrere Stunden lang.

Allerdings war es nicht vergleichbar mit einem gemeinsamen Essen in Deutschland, lernte ich dann schnell. Wenn man sich ab 20 Uhr verabredete, erschienen die ersten Gäste 30 Minuten später, die anderen trudelten so nach und nach danach ein. Dann wurden Vorspeisen hingestellt, das war, wie erwähnt, positiv, aber dann dauerte es eine ganze Weile, bis bestellt werden konnte. Interessant war auch, dass bei einer Gruppe, die das Lokal betrat, es erst einmal mindestens 10 Minuten dauerte, bis jeder wusste, wo er sitzen möchte. Es schien eine schwierige Entscheidung zu sein und musste genau abgewogen werden. Daher herrschte eine ziemliche Unruhe, bis alle endlich glücklich saßen.

Sodann gab es Hauptspeisen und jede Menge Wein, meistens Hauswein aus Karaffen, und Wasser. Anschließend folgte der Nachtisch und danach Kaffee. Das war dann meist schon zu vorgerückter Stunde, so gegen Mitternacht. Als endlich die Rechnung kam, rechnete man nicht genau ab, sondern teilte es einfach durch die Anzahl der Gäste, das fand ich gut und unkompliziert. Dies war deutlich besser als wenn jeder einzeln bezahlt hätte wie bei uns. Das ging dann vergleichsweise schnell, und man erhob sich schließlich.

„Gott sei Dank", freute ich mich schon, „Jetzt geht's ans Heimfahren."

Dies war aber ein Trugschluss und aus deutscher Sicht manchmal etwas schwierig durchzustehen. Man lief zusammen auf den Parkplatz und erzählte weiter. Das konnte bis zu einer Stunde dauern und stellte unsere deutsche Geduld, wie gesagt, auf eine harte Probe, war man doch jetzt richtig müde.

Aber es gab noch mehr. In *Porto* und *Vila do Conde* gab es richtige reine Fonduelokale. Auch hier ließ sich der Abend schön genießen und in *Matosinhos*, an *Porto* direkt angrenzend, konnte man die besten Fisch- und Meeresfrüchtelokale entdecken, von günstig bis gehoben, mit wieder teilweise bestem Service.

Beim Lesen bemerkt man hier sicher, das Abendessen wie auch „Essen gehen" allgemein ist ein immens wichtiger und zentraler sozialer Aspekt in Portugal. Selbst in Krisenzeiten blieben die meisten Lokale später offen und der Portugiese gibt dafür viel Geld aus.

Chinesische Lokale gab es auch, diese waren sogar recht günstig, und zur Freude der Deutschen vor Ort, rundete ein französisches Restaurant und ein italienisches Restaurant das internationale Angebot in *Vila do Conde* ab.

An unserem Hochzeitstag sind wir in Porto mal in ein ganz hochherrschaftliches Lokal gegangen, *Don Pedro* genannt, aber dort tat man bloß vornehm, der Koch war nicht besonders erwähnenswert und wir sind auch nicht mehr hingegangen.

Die Essenszeiten in den Lokalen wurden meist strikt eingehalten, und dazwischen gab es immer nur Snacks zu essen. Selten gab es durchgängige Küche, auch weil der Koch oder die Köchin dann einfach nicht da waren.

Mittagessen war für mich auch nicht immer einfach, wenn ich wochentags alleine unterwegs war. In den Cafés gab es meist nur Schinken-Käsetoast, gebutterte Toastscheiben (genannt *Torradas*) oder eben Kuchen in allen Varianten. Wenn man Glück hatte, gab es ein Tagesgericht oder auch eine Suppe mittags, darüber freute ich mich dann aber sehr.

Manchmal konnte man noch in eine Bäckerei gehen, genannt *Pão quente* (das heißt so viel wie „heißes Brot"), dort gab es auch salzige Snacks mit eingebackenen Würstchen und andere kleine warme Speisen. Das konnte eine Alternative als Mittagessen sein, je nachdem wie die Angebote des Cafés waren.

Erwähnen möchte ich noch die hervorragenden Weine. Wir lernten, dass 80 bis 90 Prozent der lokalen Weinproduktion im Land selbst verkauft und konsumiert wurde. Besonders elegant fanden wir die Weine der Regionen *Alentejo* oder *Douro*. Wir haben in den Supermärkten immer eine reiche Auswahl vorgefunden, meist zu vernünftigen Preisen. Es handelte sich hier meist um Rotweine, da die Sonne dort meistens reichhaltige, etwas schwerere rote Tropfen hervorbringt.

Roséweine gab es natürlich auch. Hier war die Auswahl etwas kleiner und schöne, leichtere, angenehme Weißweine wurden ebenfalls angeboten. Selbst die kleinsten *Mini Mercados* (kleine Supermärkte) hielten eine entsprechende Auswahl vor. Dann gab es noch den *Vinho Verde,* ein junger Weißwein mit geringerem Alkoholgehalt, auch sehr schmackhaft, aber mit etwas mehr Säure. *Vinho Verde* konnte man schon in unteren Preisklassen finden, das heißt für ein oder zwei Mark in 1999 für die Flasche. Ein entsprechendes Angebot und eine große Vielfalt waren fast in allen Läden anzutreffen.

Manchmal haben wir uns auch einen Portwein gegönnt, eher einen jüngeren, etwas herberen roten, oder lieber kalt serviert, einen weißen Port. Ebenso wie den hervorragenden Espresso, den *Cafezinho*, so wurde der kleine Espresso im Norden des Landes genannt. Man konnte ihn in allen Cafés genießen, die Qualität war immer gut.

Dies waren unserer Meinung nach herausragende lokale Produkte, die uns in der ganzen Zeit immer mit viel Entzücken begleitet haben.

Die Weine waren interessanterweise in den Restaurants am Anfang kaum teurer als im Supermarkt, so dass man sich dies immer gerne im Lokal geleistet hat. Auch das Wasser zum Essen war lange nicht so teuer wie in deutschen Lokalen.

14. Ausflüge

Weitere Highlights stellten die vielen Entdeckungstouren dar, die wir am Wochenende in die nähere und auch weitere Umgebung unternahmen. Wir erkundeten *Guimarães* und *Braga*. Auch *Ponte de Lima* war immer wieder einen Ausflug wert. Man konnte durch das heimelige Städtchen bummeln, über die historische Steinbrücke wandeln und am Fluss den Blick auf die beiden Teile des Städtchens genießen. Wir gingen dann immer gerne mittags essen, aber manchmal musste man tatsächlich abdrehen, wenn die Warteschlangen vor der Tür zu lang wurden.

Auf der Fahrt durch das Hinterland staunten wir immer wieder über die circa ein Meter groß gewachsenen Kohlpflanzen, die fast jeder im Garten hatte. Den Anblick werde ich nicht so schnell vergessen. Offensichtlich gedeihen sie einfach und stellen eine gute Grundversorgung für die Einheimischen dar. Wenn man Suppe bestellte, bestand sie fast immer aus Kohl. Auch am Straßenrand wurden immer wieder Waren der Bauern angeboten. Hier konnte man wirklich günstig Grundnahrungsmittel kaufen.

So sammelten wir Eindrücke über das portugiesische Leben und betrachteten die Alltagsszenen, die sich uns boten. Wir lernten, dass vieles anders ist, als es bei uns gelebt wird.

Einmal fuhren wir ein bisschen weiter durch das Landesinnere und entdeckten die *Capital de móveis* (Hauptstadt der Möbel). Dies war ein etwas größerer Ort mit einer langen Durchgangsstraße und unzähligen Möbelläden. Nach unserer Meinung boten sie alle das Gleiche an, nämlich dunkle, große und schwere Möbel. Also nichts, was für uns in Frage gekommen wäre, falls wir daran dachten, etwas kaufen zu wollen. Ein wirklich skurriler Platz!

Anfangs waren wir schon an neuen Möbeln interessiert gewesen. Wenn man in ein Haus zieht und obwohl alle unsere Möbel unversehrt angekommen waren, möchte man doch auch mal etwas Neues dazu kaufen. Aber das Angebot an Möbelstücken, das merkten wir schnell, hielt für uns nichts Akzeptables bereit. Moderne Möbel, wie wir sie kennen, waren hier nicht vorzufinden und so ließen wir den Gedanken schnell wieder fallen.

Im Norden ist die letzte größere Stadt vor der Grenze zu Spanien *Viana do Castelo*. Dort ließ es sich recht beschaulich spazieren gehen. Manchmal waren auch die Läden sonntags offen, mehrere Souvenirgeschäfte luden am Wochenende zum Kaufen ein und man konnte ein bisschen bummeln. Danach kehrte man in anheimelnde kleine Restaurants ein, hier aber mehrheitlich innen, ohne Terrasse nach draußen.

Während unserer Zeit in Portugal haben wir immer wieder festgestellt, dass manche Lokale ganz wenig Fenster haben und innen recht dunkel waren. Es herrschte oftmals eine eher düstere Stimmung. Obwohl das Klima ja gar nicht so heiß dort war, sodass eine Flucht vor zu viel Sonne notwendig wäre. Auch auf den Azoren haben wir dies später beobachtet. Hier waren manchmal tagsüber die Vorhänge in manchen Restaurants komplett zugezogen und man wunderte sich über das fehlende Licht.

Auch in den Süden Nordportugals zog es uns manchmal: *Vila Nova de Gaia*, direkt an Porto angrenzend, hatte einen langen, teilweise sehr schönen Strandabschnitt, wo man schön spazieren gehen konnte. Weiter südlich ging es nach *Aveiro*. Der Reiseführer versprach, dass es hier besonders schön sei. Typisch für den Strand dort waren fest montierte, bunte, kleine Strandhäuser. Das war ein sehr vielfältiger und positiver Anblick. Das Städtchen selbst lag etwas vom Meer entfernt und hatte stattliche Brücken aus Stein über einen Fluss anzubieten wie auch schöne alte Gebäude zum Bewundern.

Ausflüge alleine folgten nun auch wieder. Meine weiteren Entdeckungstouren in Porto nahm ich wieder auf. Ich wusste ja jetzt, wie alles funktioniert. Meistens stellte ich das Auto im Nachbarort *Mindelo* ab und stieg in den Zug, das war noch bequemer als mit dem Auto zu fahren. Damit fuhr ich bis zum Bahnhof *Trindade*. Dort stieg man aus und ging weiter zu Fuß. Mit dem Stadtplan und meinem Reiseführer gewappnet, konnte ich weiter Eindrücke sammeln und in Ruhe viele Läden und den interessanten täglichen Markt in der Innenstadt erkunden. Den kannte ich ja schon, ging aber immer wieder gerne hin und genoss die umtriebige Atmosphäre.

Auch *Vila do Conde* wurde immer vertrauter und ich kannte mich nun besser aus. Ich wusste, wo alles zu finden war und war damit ganz zufrieden. Freitags gab es immer einen großen Markt. Ein großer, freier Platz direkt in der Nähe der Ortseinfahrt, jedoch zentral im Innenstadtbereich gelegen, wurde freitags zum quirligen Marktplatz voller Leben. Textilien wurden ebenso wie Obst, Gemüse, Fleisch, Fisch und viele andere Waren, wie z. B. Haushaltswaren angeboten. Hatte man einen Parkplatz in der Nähe ergattert, konnte man bummeln gehen und schauen. Das machte ich manchmal und wunderte mich, wie voll es immer wurde. Ab und zu waren auch Touristen zu sehen. Gut gelaunt, versuchten die Marktfrauen, den

Kunden anzulocken und redeten die Frauen auch gerne mal mit *menina* (Mädchen) an. Das klang schmeichelhaft.

Der größte Markt in der Gegend jedoch konnte in *Barcelos* bewundert werden. Dort bin ich auch mal hingefahren, aber die Parkplatzsituation war dort noch kritischer als in *Vila do Conde* und man musste weit laufen, um zum eigentlichen Marktplatz zu gelangen. Doch es lohnte sich und so habe ich viele andere, in *Vila do Conde* nicht vorrätige Waren gesehen und natürlich ebenfalls den bekannten *Hahn von Barcelos*, ein Wahrzeichen Nordportugals und das Hauptsouvenir aus der Gegend. Dies ist eine Figur in allen möglichen Ausfertigungen und Größen, meist aus Holz gefertigt und künstlerisch bunt bemalt. Man musste die riesige Auswahl einfach mal gesehen haben.

Aber zurück zum Einkaufserlebnis: So dachte ich als Nächstes, Kleidung shoppen könnte glücklich machen, zumindest kurzfristig. Das wollte ich jetzt erkunden. Obwohl die Mehrzahl der Frauen auf der Straße nicht gerade kleine Größen trug, bot man in fast allen Läden nur kleine Größen bis Größe 42 sowie sehr jugendliche Mode an, stellte ich fest. Das passte mir also nicht (Größe 44 wollte ich) und gefiel mir auch nicht wirklich. Leider kauften viele Frauen viel zu enge Kleidung für sich, das konnte man sehen. Das wollte ich für mich nicht.

Die Shoppingcenter hielten ebenfalls nur kleine Größen vor. Es gab wenige Läden, wo sich für mich etwas finden ließ und gegen Ende habe ich mir dann bei Besuchen in Deutschland eher mal etwas gekauft. Dieses Einkaufserlebnis war und blieb also eine Enttäuschung, schade! Die präsentierte Mode in den Boutiquen wurde meistens nur für ganz junge Frauen konzipiert und angeboten.

Auf dem Markt in *Vila do Conde* konnte ich ab und zu noch etwas ergattern, aber qualitätsmäßig war das nicht so der Hit. Nach mehreren Waschgängen konnte man die Ware meist entsorgen. In den Schuhfabriken, die Schuhe für den Export nach Deutschland herstellten, bekam man manchmal noch etwas Anständiges wie auch noch in den Textilfabriken, die es gab. Hier wurden alle Größen angeboten und die Auswahl war zufriedenstellend.

Trotzdem kannte ich die Shoppingcenter mit der Zeit ganz gut und konnte bummeln gehen sowie neue Trends anschauen. Viele Läden boten auf einer überschaubaren Fläche eine mehr oder weniger große Auswahl an und man konnte dort gut seine Zeit verbringen. Interessant war ein Buchladen, der auch CDs verkaufte. Man konnte in manche hineinhören und sich auch dort hinsetzen. Andere Läden boten Innendekoration, Haushaltswaren, Geschenke, Spielwaren, Tischdecken oder Porzellan an. Somit gab es eine bunte Mischung für den Kunden. Dazwischen luden immer wieder Bänke und Sitzgruppen zum Ausruhen ein. Kleine Kaffeestände und Spielecken lockerten die Atmosphäre ebenfalls auf. Auch mehrere Kinosäle gehörten immer zur festen Ausstattung und überdies Friseure und Bankfilialen. Für Technikfans präsentierte ein großer Markt seine Auswahl, Lebensmittel wurden in riesigen Supermärkten verkauft.

Mehrere Shoppingcenter rund um Porto waren mit dem Auto zu erreichen, das Sortiment war jedoch fast überall gleich. So bin ich meistens zu *Norte Shopping* gefahren, das lag für mich am nächsten.

Der Portugiese geht auch gerne in den Einkaufscentern essen, obwohl das vielleicht komisch klingt, aber Essen ist ja wichtig, das konnte man auch hier wieder beobachten.

Man hat dort kleine offene, einladende Essstände gebaut, manchmal in Gestalt von kleinen Restaurants. Diese wurden geschmackvoll in die Ladenzeilen integriert. Meistens suchte man sich etwas aus, bezahlte direkt am Tresen und setzte sich dann in der Nähe an einer der vielen Tischgruppen mit Stühlen hin. Jedoch gab es genauso gut richtige kleine Lokale mit Bedienung. Vegetarische, brasilianische oder italienische Küche wurde dort angeboten, es war immer eine vielfältige Auswahl an interessanten und auch mal neuen Speisen. Sogar einen Stand mit reiner Biokost hatte ich entdeckt. Das probierte ich gleich aus. Durchaus lecker, stellte dies wirklich eine angenehme Abwechslung zum Speiseplan dar. Und ein gutes Gewissen machte es auch!

15. Sommer

Das Wetter wurde schöner und wir staunten nicht schlecht, wie speziell in *Vila do Conde* sich die Uferpromenade in die bereits erwähnte „Sommerfrische" verwandelte. Das hieß, es wurden mobile Wagen und Buden am Strand aufgebaut und Bars und Cafés entstanden auf Holzfundamenten. Bunte Plastikstühle in allen Farben mit passenden Tischen waren mit der Eiscreme-Werbung dekoriert, dazu schützten bunte Sonnenschirme vor der Sonne. Alles machte einen wunderbar farbenfrohen Eindruck und man setzte sich gerne dorthin. Windschutzkabinen wurden aufgebaut und vermietet. Das ganze Städtchen wandelte sich zu einem Sommerausflugsparadies. Sonntags bekam man keinen Parkplatz mehr, die Zugangsstraßen waren verstopft, aber es war schön anzusehen und man konnte den Sommer richtig fühlen und wahrnehmen. Die vermieteten Badekabinen waren gut ausgelastet, die Kinder spielten am Strand Ball und einige Kinder wie auch Erwachsene gingen sogar ins Wasser. Für den Portugiesen normal, empfanden wir die 17 bis 18 Grad Wassertemperatur des Atlantischen Ozeans auch im Sommer als zu kalt, um mit Freude hineinzugehen.

Von unserem Haus aus konnte man in kurzer Zeit ans Wasser gelangen und so joggten oder wanderten wir oft und gerne einfach mal dorthin. Auch im Ort konnte man die Verwandlung im Sommer bemerken. Es gab am Strand ebenfalls kleine Badekabinen zu mieten, mehrere Bars auf Holzpodesten entstanden und im Ort selbst saß man plötzlich, oh Wunder, trotz der kühlen Temperaturen, abends draußen. Das war dann fast eine Stimmung wie im Urlaub. Wir sind dann abends zu Fuß im Ort „ausgegangen", das war eine sehr positive Erfahrung, man fühlte sich mittendrin und ließ sich von der Urlaubsstimmung anstecken. Nicht zu vergessen, die *retornos* (die Heimkehrer) kamen speziell im August. Viele Portugiesen arbeiteten in Frankreich, Spanien, Schweiz oder Deutschland und verbrachten ihren Jahresurlaub in ihren Ferienhäusern im Dorf. Auch kamen mehr Touristen, entweder Portugiesen aus dem ganzen Land oder auch ausländische Urlauber und brachten somit insgesamt mehr Leben in das Dorf.

Einmal gab es ein kleines Volksfest und wir waren neugierig, was es da zu sehen gab. Eine Holzbühne wurde aufgebaut, der Bürgermeister redete und danach konnte man Trachtengruppen aus verschiedenen Orten Nordportugals mit ihren Tanzvorführungen bewundern. Die Darbietungen waren zwar nicht überwältigend, boten aber interessante Einblicke in die Volkskunst der Einheimischen.

Etwas skurril mutete an, dass wir im Sommer Sonntagmorgens des Öfteren durch Böllerschüsse geweckt wurden. Verschlafen aus dem Fenster schauend sahen wir dann die „Explosionen" von Feuerwerkskörpern und deren Rauch am Himmel. Nur, es war ja Sommer, mit Silvester-Feuerwerk konnte das ja nichts zu tun haben. „Hier kündigen die Kirchengemeinde so ihre kleinen Feste und Zusammenkünfte an, meistens mit etwas Krach, damit es auch ja keiner verpasst", erzählte uns der Nachbar.

Auch in Porto änderte sich die Stimmung und wir entdeckten wunderschöne Plätze zum Sitzen und Träumen mit Blick aufs Meer. Viele Leute waren unterwegs und verwandelten die Stadt in einen lebendigen Ort.

Daneben bekamen wir auch Besuch. Meine Eltern kamen für eine Woche und wir unternahmen Ausflüge in die Gegend und nach Porto. Auch Lena, eine Kollegin, kam im Sommer für eine Woche und man konnte wieder viel zusammen unternehmen.

In Porto genossen wir das quirlige Sommerleben in Foz. Zwischen höheren Wohnhäusern konnte man immer mal wieder schöne Villen und kleine Gartengrundstücke entdecken, auf denen die Familien saßen und entspannten.

Am schönsten war aber der Strandbereich im Sommer. Hier herrschte ebenfalls richtig buntes Strandleben und die Anzahl der hinzugebauten Bars stieg auch hier in der warmen Jahreszeit ordentlich an. Unerschrockene sind ins Meer gegangen, trotz der nahen Ölraffinerie und der Flussmündung.

Ich möchte noch etwas zu *Póvoa de Varzim* erzählen. Direkt nördlich an *Vila do Conde* angrenzend, war der erste Anblick erschreckend. Warum? Hochhäuser mit ca. 10 bis 15 Stockwerken waren hier direkt ans Meer gebaut worden, also richtig hoch. Für unser Empfinden war das keine schöne Atmosphäre, zumal direkt dahinter weitere hohe Häuser und Hochhäuser folgten. So etwas sollte ein beliebter Ferienort sein? Nun, im Sommer konnten wir die Verwandlung noch stärker als in *Vila do Conde* wahrnehmen. Die Apartments in den Hochhäusern waren bevölkert, die Parkplätze ausgefüllt und der Portugiese ging an der Strandpromenade spazieren. Direkt vor den Hochhäusern hinter der Straße gab es Strandabschnitte mit ganz vielen extra aufgebauten Badehäuschen in mehreren Reihen. Man sonnte sich ganz glücklich, spielte etwas Ball und las zufrieden. Auch hier war alles ausgebucht.

Mit der Zeit gewöhnten wir uns an den Anblick und nutzen die Möglichkeiten, die es hier gab. An der Promenade reihten sich Restaurants, Bars und zusätzliche im Sommer errichtete Strandbars, aneinander, alle mit Musik. Hier konnte man den Sommer richtig spüren. Es ging sehr lebhaft zu und bot für einen Spaziergang immer interessante Eindrücke. So schlenderten wir gerne abends mal dort entlang und ließen uns von der Urlaubsatmosphäre anstecken.

Von der Uferstraße zweigte die bereits erwähnte einzige Fußgängerzone mit ihren kleinen Läden unterschiedlichster Art ab. Zwischen Hochhäusern lag der Einstieg hierzu, fast etwas versteckt. Die Häuser hier waren eher zweistöckig oder dreistöckig. Jede Menge kleiner Läden machte diese Einkaufspassage zu einer wirklich schönen Fußgängerzone, in der man gerne bummeln ging. Die Vielfalt war groß und dazwischen erschien immer mal wieder ein kleines Café. Ein Laden für Handys durfte auch 1999 schon nicht fehlen. Diese Ladenzeilen, wie man sie in Deutschland fast nicht mehr fand, versprühten ihren eigenen Charme.

Ein gutes Hotel säumte daneben die Uferpromenade, angrenzend lag ein Casino. Dort bin ich aber nie gewesen. Weiter nördlich in *Povoa de Varzim* war das beste Hotel für geschäftliche Gäste ansässig. Obwohl auch ein Hochhaus, gaben die meisten Zimmer den Blick auf den Atlantik frei und man konnte durch ein Tor direkt zum Strand durchgehen. Ein Außenpool mit Rasen und ein paar Pflanzen vermittelten dem Gast etwas Urlaubsatmosphäre, obwohl die umliegenden Gebäude leider auch meist Hochhäuser waren, was den Blick etwas trübte. Durch den Garten hindurch führte ein Weg zu einem fest installierten Restaurant am Strand mit angrenzender Bar direkt vor dem Hotel, wo wir später oft saßen und den Blick aufs Meer sowie die gute Küche genossen.

16. Der Strand

Man stellt sich vor, in Portugal gibt es tolle Strände, man kann ungestört sonnenbaden und es ist auch schön warm im Sommer. Für uns Deutsche soll der Strand großzügig sein, meist mit Liegen und Sonnenschirmen versehen, und das Wasser warm. Das klappt im Norden leider nicht so, dies zeigte sich jetzt. Es hat seinen eigenen Charme, bietet hingegen viel Platz.

Der Strand am Atlantik ist manchmal sehr breit und ganz dem Wind ausgesetzt, oder es gibt Buchten, das ist aber eher selten, stellten wir fest. Liegen gibt es keine und Sonnenschirme sind durch den Wind fast nicht möglich.

Strandatmosphäre wollten wir jetzt auch hautnah erfahren. Wir hatten in unserem Haus in der Abstellkammer eine Grundausstattung für den Strand gefunden und gingen hochmotiviert im Frühsommer los. Wir merkten schnell, man baut zuerst den Windschutz auf und rammt die Holzpfähle fest in den Sand. Sodann kann man versuchen, einen Sonnenschirm zu installieren, aber nur mit guter Befestigung in Form von großen Steinen. So konnte man einigermaßen sitzen oder liegen. Das Wasser ist ja selten zum Baden geeignet, da die Temperatur bei 17 Grad uns nicht verlockend erschien. Aber im Sand zu liegen und aufs Wasser zuschauen war natürlich eine tolle Sache. Man fühlte sich wie im Urlaub!

Manchmal haben wir auch mal eine Badekabine gemietet. Man hatte dadurch etwas Schutz vor dem Wind und konnte seine Sachen besser ausbreiten. Der Strand war schön anzusehen mit seinen verschiedenfarbigen Badekabinen im Sommer.

Es gab überall buntes Leben und viele Bars am Strand. Man hatte die Wahl. Manchmal störte allerdings die laute Musik, die immer zu einer Strandbar gehörte.

Wir haben immer mal wieder eine kleine Auszeit am Strand verbracht, meist eher im Nachbarort *Mindelo* oder auch weiter in Richtung *Vila Chã*. Dort gab es kleinere Strandabschnitte mit noch viel Platz.

In *Vila Chã* haben wir uns manchmal gewundert, wie die Zeit hier noch stehengeblieben war. Der ganze Ort war noch sehr ländlich geprägt. Man fuhr mit dem Auto durch unzählige schmale Gassen mit Kopfsteinpflaster, immer umgeben von alten, kleinen Häusern und teilweise auch Bauernhöfen, mit hohen Mauern versehen. Wir haben uns in dem Ort mehr als einmal verfahren, da er so verwinkelt war. Für uns blieb das Dorf ein Beispiel für das alte, traditionelle Portugal des Nordens. Doch am Ende fanden wir den Strand, ließen uns in der Nähe eines Felsen nieder und freuten uns, dass es hier nicht so voll war. Dann wurden wir schnell hungrig. Ganz in der Nähe fanden wir ein kleines Lokal. Das mussten wir ausprobieren. Wir setzten uns auf die bunten Plastikstühle und bestellten. Es gab guten Fisch, wir waren zufrieden. Ein Sonntag am Meer, wie man ihn sich vorstellte!

Was gehört noch zu einem Strand? Strandspaziergänge waren eine schöne Sache. Zwar etwas mühsam auf dem Sand zu gehen, aber auf manchen flacheren Abschnitten wunderschön. Wir versuchten es auch immer wieder mal, aber manchmal sank man einfach zu tief ein. Manche Leute spielten Fußball oder Beachball, aber im Wind erschien uns das auch sehr mühsam.

Wir suchten noch nach einem besonders schönen Strand. Schließlich kannten wir ja noch nicht alles. Der Nachbar hatte dazu eine Empfehlung. „Viele Touristen fahren gerne nach *Esposende* oder *Fão.*" Wir machten uns auf und fanden gleich die richtige Autobahnabfahrt. Weiter oben im Norden gelegen, findet man zuerst *Esposende.*

Der Ort ist eigentlich unspektakulär, fanden wir heraus, ein paar Häuschen und das war's. Wir fuhren weiter auf eine schöne Straße, die den Blick auf die Küste freigab.

Bald kam ein wunderschöner Dünenabschnitt auf der linken Seite in Sicht. Man konnte dort direkt parken, stellten wir fest. Wir stiegen aus und liefen über kleine Holzstege Richtung Wasser.

Der Strand war hier sehr breit und bot eine weite Sicht nach rechts und links. Weit und breit keine Ansiedlung, wunderbar. Urlaubsgefühle kamen hoch. Wie schön war es hier.

Man konnte hier tatsächlich wunderschön laufen, der Sand war recht fest, was für eine Überraschung! Nach rechts ging der Blick immer wieder auf die hohen Dünen und nach links aufs Wasser. Hier wirkte es wie bei uns an der Nordsee und man konnte ausgiebig bis zum nächsten Ort *Fão* wandern. Bars gab es am Strand ja genügend und man fand überall Snacks zu essen. Für Einkehr war also gesorgt.

Wieder zurück am linken Ende des Dorfes lud nun noch ein Schwimmbad ein. Mit schön angelegtem Außenbecken präsentierte es sich an einer Landzunge gelegen. Das wollten wir ausprobieren. Wir bezahlten und fanden heraus, dass man ein Innenbecken benutzen konnte (sogar mit Wellengang alle halbe Stunde) und ein etwas kühleres Außenbecken. Weiße Plastikliegestühle waren draußen aufgestellt. Wir richteten uns häuslich ein und nahmen Platz.

Ein herrlicher Blick! Wir schauten in die hier wenig verbaute Landschaft und bewunderten die Dünen aus der Ferne. In die andere Richtung glitt der Blick über den Fluss in die Weite. Die ungewöhnliche Lage, direkt auf einer Landzunge zu sein, konnte man schon ruhig spektakulär nennen. Da hatten wir ja etwas Schönes entdeckt! Nach kurzer Zeit merkten wir jedoch, dass der Kampf mit dem Wind hier ähnlich schwierig war wie direkt am Strand. Aber es war eine willkommene Abwechslung und wirkte sehr positiv.

Ein lohnenswertes Ziel für den Sonntag war diese Gegend allemal. Es gab es keinerlei Hochhäuser, dafür mehr Natur zu sehen und wundervolle Blicke auf das Meer und die Dünen.

Fão hingegen bot ein Hochhaus direkt am Strand. Dies wirkte etwas skurril und war weithin sichtbar. Ansonsten gab es auch hier im Ort ein paar Hotels und ein schönes Villenviertel mit großen Grundstücken und kleinen Anliegerstraßen. Dies war herrlich geeignet für Spaziergänge. Zumal man dann mal etwas geschützt vom Wind laufen konnte.

Wir werden sicher noch viel Zeit direkt am Meer verbringen können, dachte ich und freute mich. Dies war nun eine ganz andere Landschaft, als ich sie gewohnt war, aber die Nähe zum Meer fühlte sich einzigartig an und gefiel mir sehr.

Wanderwege gab es wenig, aber man konnte durch die beiden Orte bummeln und sich die vielen groß gewachsenen Kiefern anschauen. Es roch richtig gut. Und zum Einkehren gab es auch jede Menge Möglichkeiten. Urlaubsstimmung vermittelten auch die vielen einheimischen Gäste im Sommer. Alles war unterwegs und bummelte durch die Straßen.

17. Kontakte vor Ort

Ganz wichtig war natürlich der Kontakt zu der jeweiligen Sprachlehrerin. Wir hatten verschiedene wechselnde Lehrerinnen in dieser Zeit und konnten immer Fragen zur Mentalität der Portugiesen stellen. Es waren alles nette Sprachtrainerinnen und wir haben uns im Unterricht immer wohl gefühlt. Da wir nun hier lebten, wollten wir auch mehr über die Denkweise und Ansichten der Landsleute wissen. So lernten wir zum Beispiel, dass die meisten Einheimischen außerhalb ihres Netzwerkes, welches meistens aus Familie und Freunden besteht, den anderen Mitbürgern auch nicht wirklich über den Weg trauen. Man konnte immer wieder feststellen, dass sie Fremden fast etwas aus dem Weg gingen.

Auch lernten wir, dass unsere Sehnsucht nach Natur, wie wir sie in Deutschland kennen, hier als „seltsam" galt. Deshalb gab es auch kaum Wege in Feld und Flur. Selbst im Wald ging normalerweise niemand spazieren.

„Das kommt daher, dass viele Landarbeiter in früherer Zeit in der Natur schuften mussten und diejenigen, die es heute zu etwas Geld gebracht haben, wollen mit der Natur dann nichts mehr zu tun haben", wurden wir von der Sprachlehrerin aufgeklärt.

Ja, nun verstand man das besser. „In der Natur zu sein" galt 1999 daher als ein Zeichen, kein Geld zu haben und war deshalb nicht „in". Viel Privatbesitz war wohl der andere Grund, warum wenig öffentliche Wege in der Natur zu finden waren.

„Auch Sport und Bewegung sind nicht angesagt, aus dem gleichen Grund", lernten wir. „Wer Geld hat, geht nicht zu Fuß."

Daher sah man auch viele Einheimische selbst kurze Wege mit dem Auto fahren und weniger zu Fuß gehen.

Sehr interessant fand ich natürlich auch die Rolle der Frau in Portugal. Hauptsächlich die Schilderungen der Sprachlehrerinnen waren sehr aufschlussreich. Obwohl viel mehr Frauen berufstätig sind als bei uns, ist der Mann immer noch etwas bestimmender, um es so auszudrücken. Die Hausarbeit bleibt oft komplett bei der Frau hängen und so hat sie eine Doppelbelastung durch Beruf, Kinder und Haushalt, wurde uns berichtet. Man könnte sagen, dies ist doch recht traditionell in unseren Augen! Wobei aber doch einige Männer auch immer mehr bei der Hausarbeit helfen. Und sie lieben natürlich ihre Kinder sehr. Kinder sind einfach in der Gesellschaft deutlich mehr willkommen als bei uns, auch in Restaurants und öffentlichen Plätzen, so stellten wir fest.

Wir gingen ab und zu mit den englischen Kollegen am Abend aus, meistens nach *Vila do Conde*. Es gab auch hin und wieder eine Abschiedsparty, wenn jemand wieder in die Heimat zurückging oder ein Abschiedsessen. Das war immer sehr schön und stellte eine willkommene Abwechslung dar.

Ich hatte immer mal wieder versucht, die Frauen von Richards spanischen oder englischen Kollegen tagsüber zu treffen, aber das wurde wohl nicht so gewünscht, denn konkrete Verabredungen ließen sich irgendwie nicht ausmachen.

Am Anfang gab es noch das Lokal *o Alemão* („der Deutsche") in *Mindelo*, dem Nachbarort. Die Küche würde ich jetzt nicht als besonders lecker einstufen, auch nicht typisch deutsch, aber man traf dort manchmal deutsche Landsleute und im Sommer wurde ein

„deutsches Fest" im Hof veranstaltet .Dies war natürlich wieder eine Gelegenheit, andere Deutsche zu treffen. Wir redeten mit dem einen oder anderen und konnten uns austauschen, prima.

Dann entdeckte ich noch eine Art „Stammtisch der Ehefrauen" in englischer Sprache. In der deutschen Zeitung gab es einen Eintrag, dass sich Damen regelmäßig zum internationalen Lunch trafen. Da wollte ich natürlich dabei sein. Es stellte sich heraus, dies war ein wirklich schönes „Beisammensein". Die Damen kamen aus ganz unterschiedlichen Ländern und das Lokal wechselte immer. Eine sagte mal: "Ich bin hier wegen meinem Ehemann", wir lachten alle.

Eine andere Frau antwortete: „Da bist du wohl nicht die Einzige."

Die meisten Frauen hatten Kinder, so dass dies meistens das Hauptgesprächsthema blieb. Die Treffen waren jedoch immer sehr nett und man hat sich gut unterhalten. Es hat mir dort gut gefallen, da man in einer großen Gruppe gemütlich in einem Lokal saß und mit viel Zeit langsam speiste.

Die Frau des österreichischen Kollegen besuchte mich ab und zu, sie fühlte sich manchmal einsam, aber sie war fast 20 Jahre älter als ich. Das passte dann auch nicht wirklich. Sie war hingegen eine der wenigen, die eifrig Portugiesisch lernte und sich sehr bemühte, in das Land und seine Kultur einzutauchen. Sie blieb die ganze Zeit hier in Portugal und versuchte auch, mit ihrer Nachbarin Portugiesisch zu sprechen.

Eines Tages stieß ich auf eine Anzeige, in der eine deutsche Frau Kontakte suchte. So lernte ich Claudia kennen.

Wir verstanden uns gut und trafen uns ab und zu. Endlich mal ein deutscher Gesprächspartner! Sie war etwas jünger als ich, hatte keine

Kinder und lebte in der Mitte Portos. Sie war in Brasilien aufgewachsen und hatte dort einen Portugiesen geheiratet. Es schien eine etwas seltsame Ehe zu sein, wie sie erzählte. Er war meistens auf Reisen und sie sahen sich kaum. Sie wohnte in einer Wohnung seiner Eltern im besten Viertel Portos und hatte dort viel Platz zur Verfügung, da die Wohnung meistens nur von ihr bewohnt wurde.

Leider hat sie relativ schnell eine Arbeit im Computerbereich angenommen (sie war des Portugiesischen mächtig, da sie in Brasilien aufgewachsen war, deshalb war es natürlich kein Problem für sie, Arbeit zu finden) und hatte fortan wenig Zeit für ein Treffen.

Aber ab und zu trafen wir uns dann in ihrer Mittagspause. Dabei war es für mich jedes Mal spannend, die Szenerie der arbeitenden Bevölkerung zu beobachten. Wir gingen in ein Lokal in der Nähe ihrer Arbeitsstelle. Dies war immer voll besetzt und es ging laut und hektisch zu. Die Portugiesen nehmen sich gerne Zeit für ihre Pause und bestellen dort richtige Menüs mit Wein und Wasser und reden alle laut durcheinander. Es war eine lebhafte Atmosphäre und ich fühlte mich mittendrin. Claudia hatte so ihre eigene Meinung zu Portugal. In Brasilien großgeworden, hatte sie ein völlig anderes Umfeld erlebt und empfand Portugal als rückständig, kalt, dunkel und in mancherlei Hinsicht in der gesellschaftlichen Entwicklung viele Jahre hinter Deutschland zurück. Ich glaube, sie hat sich nie so ganz wohl in Porto gefühlt und immer engen Kontakt zu ihrer Familie in Deutschland gesucht und gehalten.

Einmal kam ihre Mutter aus Hannover zu Besuch und wir gingen zusammen mit Richard abends aus. Das waren sehr interessante Gespräche, die wir da zu viert führten.

Claudias Wunsch war es schon länger, nach Deutschland in ihr Elternhaus zur Familie nach Hannover umzusiedeln. Zunehmend arbeitete sie aber immer mehr, auch samstags und hatte daher selten Zeit für ein Treffen mit mir. Ihre Firma kam bald darauf in Schwierigkeiten, mehrere Leute wurden entlassen, aber Claudia konnte sich noch etwas halten. Dafür arbeitete sie noch mehr. Schließlich entließ man auch sie und sie konnte ihren Umzug nach Deutschland planen. Das hatte sie sich jetzt gewünscht und dann auch umgesetzt. Das war natürlich schade für mich, aber ich freute mich für sie.

Ich beleuchtete meine anderen Kontakte. Mit den Nachbarinnen zur linken Seite unseres Hauses konnte ich ab und zu reden und auch mit der Frau von Paolo, das war stets eine nette Abwechslung. Herrn Schneider traf ich immer mal. Er wohnte ja quasi um die Ecke. Ob beim Einkaufen, beim Kaffee trinken im Café oder direkt auf der Straße, ein Schwatz ergab sich leicht. Leider war es so, dass er mit vielen Dingen in seinem Leben zu kämpfen hatte und daher eine positive Sichtweise leider nicht überwiegte. Mein Mann und ich beließen es meist bei kurzen Unterhaltungen.

Ich überlegte, ob die Ehefrau des Nachbars für mich eine Freundin werden könnte. Ja, er ist Portugiese, hatte aber lange in Deutschland gelebt und seine Frau ist Deutsche. Daher dachte ich anfangs, prima, sie ist nur sechs Jahre älter als ich, man könnte sich ja mal treffen, so zum Kaffee von Frau zu Frau. Ich probierte es vorsichtig mit Einladungen, aber ich musste feststellen, das würde wohl nicht klappen. Als deutsche Frau verstand ich das zwar nicht so ganz, aber bei näherem Hinschauen verhielt sie sich einfach eher wie eine portugiesische Frau in einer portugiesischen Ehe. Und die gehen dann einfach nicht alleine zu einer anderen Frau. Schade eigentlich, denn sie war immer sehr nett, wenn ich mal vorbeikam, aber nun ja, man musste das akzeptieren.

Vor der Abfahrt hatte ich ja das Portugalforum entdeckt, wie viele andere Auswanderer und Residenten auch. Es gab dort nützliche und hilfreiche Tipps zu den meisten wichtigen Themen. Auch konnte man interessante Geschichten über Auswanderer lesen.

Ich konnte aber beim Lesen ihrer Geschichten den Eindruck manchmal nicht loswerden, dass manche deutsche Mitbürger nach Portugal kamen und dachten, hier wäre alles ganz irre und prima. Das Gegenteil ist meiner Meinung nach der Fall, da es wirklich sehr schwierig ist, auf eigene Faust einen Job zu bekommen.

Manche Handwerker, die auf selbständige Basis herkamen, brauchten lange, bis sie von den Einheimischen akzeptiert wurden. Also, abgesehen vom milderen Klima, ist das Land, meiner Meinung nach, eher zu kompliziert, um sich etwas Neues aufzubauen, speziell wenn man keine portugiesischen Beziehungen hat. Die spielen eine immense Rolle, viel mehr, als in Deutschland, so konnten wir mit der Zeit herausfinden.

Ich schrieb die eine oder andere Frau dort an, merkte aber schnell, durch das Portugalforum ließen sich nicht wirklich tiefere Kontakte vor Ort knüpfen.

Ein anderes Mal nahmen wir an einem Treffen „deutscher Residenten in Porto" teil. Durch Zufall hatten die Österreicher uns dies zugerufen. Also gingen wir hin. Ein deutsches Paar hatte sich neu in Porto niedergelassen. Sie hatten gerade ihre Pension mit mehreren Zimmern im *Alentejo* glücklich verkauft und nun wollten sich nun etwas ausruhen. Sie hatten jahrelang geschuftet und keinen Urlaub gemacht. Verständlich, dass sie nun etwas nachholen wollten. Ihre Zimmervermietung war aber ganz gut gelaufen, erzählten sie, so hatten sie ein gutes Auskommen derzeit. An dem Abend kamen noch einzelne Personen vorbei, alles Deutsche, etwa vier ungefähr. Sie erzählten allerdings nicht so viel von sich. Da die Leute anders als wir lebten und auch fest entschlossen waren, in Portugal zu bleiben, ergaben sich keine weiteren Treffen. Die meisten lebten außerhalb von Porto mehr so als Aussteiger. Wir lebten aus ihrer Sicht quasi in Sicherheit mit Richards festem Job, das kam so durch. Ich fand es aber total interessant und auch mutig, was die Leute so von ihrem Alltag und ihren neuen Fähigkeiten als Landwirte erzählten.

Portugiesische Kontakte, nun da wurde es schwierig. So richtig tiefere Kontakte zu knüpfen, war schwierig, wenn man nicht konkrete Berührungspunkte hatte, wie in einem Verein zu sein oder ein Hobby zu teilen. Das traf für uns ja nicht zu. Eine Nachbarin hat mich mal gefragt, ob ich mit in den Schwimmkurs gehen wollte, aber das erschien mir etwas seltsam. Ich habe es mir mal angesehen, man schwamm im Freibad in der Gruppe hintereinander her und am Beckenrand befehligte ein Schwimmlehrer lautstark die Truppe. Das war nicht so mein Fall, aber immerhin, man hätte es machen können. Wenn wir aber Kontakte hatten, was in unserer Zeit immer mal wieder vorkam, haben wir durchweg sehr freundliche Menschen kennengelernt.

Sven und Ingrid, die wir schon auf unserem Orientierungstrip kennengelernt hatten, sahen wir samstagabends immer mal gerne.

Sven kannte geschmackvolle, gehobene Lokale und bestellte für uns in seinem fließenden Portugiesisch leckere Gerichte. Wenn wir zusammen ausgingen, fuhren wir meist zuerst zu ihnen nach Hause in ihre Wohnung nach Porto und nahmen einen Aperitif zusammen. Sie wohnten in einer schönen, großen Wohnung mit mehreren Zimmern und einer ansprechenden Salonecke.

Als wir das erste Mal vor ihrem Haus standen, wussten wir nicht so ganz, wo wir klingeln sollten. Es gab keine Namensschilder. Aber man hatte uns vorher instruiert, wo wir klingeln sollten.

Dadurch lernten wir, der Portugiese hat keine Namen an seinen Schildern, sondern nur 1. Stock rechts, 3. Stock links und so weiter. Befremdlich für uns, aber sie erklärten uns, das käme vom Misstrauen aus früheren Zeiten unter Salazar, man wolle seine Adresse und Namen nicht jedem preisgeben. Das ist wohl teilweise bis heute so geblieben.

Mit Richards österreichischem Kollegen und seiner Frau haben wir immer wieder schöne Abende zu viert verbracht.

Diese Kontakte zu verschiedenen Leuten waren für uns gut, zumal wir eher abends am Wochenende etwas zusammen machten, was für uns ideal erschien. Abends schön zusammen auszugehen, traf genau unseren Geschmack und hat uns Freude gemacht. Wir hätten gar nicht gerne jeden Sonntag tagsüber mit Leuten verbringen wollen. Daher fühlten wir uns damit wohl, wie es war.

Die sogenannte „deutsche Gemeinde" traf sich in der Evangelischen Kirche ab und zu, das wollten wir uns jetzt nochmal genauer anschauen. Wir sind zu einem Gottesdienst dort hingefahren und haben uns auf das nette Stelldichein hinterher gefreut. Man trat aus der Kirche heraus, traf sich auf einem Vorplatz und redete etwas zusammen. Eigentlich eine gute Idee. Wir kannten nur wenige Mitglieder der Gemeinde.

„Die Gespräche sind nicht gerade angenehm", meinte Richard.

„Sie gehen nicht sehr freundlich miteinander um", fand auch ich und so gingen wir wieder.

„Hier würden wir uns nicht wohl fühlen", stimmten wir überein.

Oder man traf sich in der deutschen Schule zum Bücherflohmarkt. Diese Ereignisse wurden meist an Ostern und Weihnachten veranstaltet. Es gab eine große Auswahl an gebrauchten deutschen Büchern, damals noch ein wichtiges Gut, da noch nichts digital gelesen wurde. Man konnte immer in Ruhe etwas aussuchen, der verlangte Preis war niedrig und gewährte ausführliches Lesevergnügen. Mehrere bodenlange Regale boten verschiedenste Kategorien an, am beliebtesten waren natürlich Romane.

Durch die Auslagen der Handwerkerstände konnte man ebenfalls schlendern. Diese wurden in der großen Turnhalle aufgebaut.

Die Frauen stellten handgefertigte Produkte aus und verkauften sie. Manchmal gab es gehäkelte Deckchen, Kerzen in allen Variationen, handgefertigte Adventskränze, bestickte Decken oder einfach selbst gebastelte Weihnachtsdekorationen. Viel Verschiedenes war das ganze Jahr über angefertigt worden und wurde nun hübsch aufgebaut und präsentiert.

Zudem konnte man ab und zu ein Schnäppchen bei den Sonderverkäufen der ansässigen Textilfabriken machen. Die Waren hingen auf Bügeln an Kleiderständern oder es gab richtige Wühltische. Eine kleine Umkleidekabine wurde ebenfalls zur

Verfügung gestellt. Man suchte in Ruhe etwas aus und manches konnte auch anprobiert werden. Die Preise waren sehr attraktiv, die Qualität kannte man ja meistens aus sporadischen Besuchen in den Textilfabriken. So wurde das Einkaufen dort immer ein Spaß!

Auch gab es immer einen Kaffee oder Ausschank, Kleinigkeiten zu essen und kleine Stehtische. Man traf andere Deutsche und hielt ein Schwätzchen. Das war stets eine willkommene Abwechslung.

Wir waren nie richtig tief in diese deutsche Gemeinde eingetaucht, die sich hauptsächlich an der deutschen Schule traf. Der Alltag der anderen Deutschen sah meistens etwas anders aus als unserer und die Themen differierten hier etwas. Aber zuweilen jemand zu treffen und sich über das Land auszutauschen und Deutsch zu reden, war prima und machte glücklich!

Mittlerweile hatte ich mich auch besser kennengelernt und herausgefunden, dass ich mit mir selbst gut klarkam und so auch gar nicht ständig jemand treffen musste. Aber ab und zu ein Schwätzchen zu halten, war natürlich sehr schön.

18. Ferien im Lande

Nachdem wir uns nun eingelebt hatten, sollte jetzt unsere erste Reise mit Übernachtung stattfinden.

Wir suchten uns ein Wochenende aus und fuhren in die berühmte Weinanbaugegend am *Douro*. Der Reiseführer beschreibt dies als eine der schönsten Gegenden Portugals! Da waren wir ja mal gespannt. Wir hatten ein Zimmer in einer *Quinta* gebucht und waren neugierig auf die ersten Eindrücke. Man fährt ca. eine bis anderthalb Stunden mit dem Auto auf der Autobahn und biegt dann ab. Eine Landstraße windet sich das Tal hinab. Direkte Straßen am Fluss gibt es nicht und die Gegend ist sehr hügelig, stellten wir fest. Kleine Straßen, die wohl von den Weinbauern benutzt werden, führten den Hang hinauf und hinunter.

Freitagabend kamen wir auf der *Quinta* an. Der Hausherr und seine Frau zeigten uns gleich alles. Es war ein wunderschönes altes Bauernhaus, geschmackvoll renoviert und mitten in den Weinbergen gelegen.

Ein mediterraner Garten verbreitete eine schöne Atmosphäre und ein Pool kam in Sicht, super! Aber zuerst wollten wir auspacken.

Unser Zimmer war groß, quadratisch mit zwei großen Fenstern versehen und in der Mitte thronte ein schmiedeeisernes Bett mit Rahmen. Antike Stühle standen an den Seiten und ein großer, schön geschnitzter Schrank rundete das Bild ab. Das Bad war riesig aus unserer Sicht und in der Mitte stand eine interessant gestylte Badewanne. Der Blick aus dem Fenster war umwerfend, man konnte die Landschaft rundherum bewundern. Wir packten schnell aus. Jetzt noch mal im Pool baden? Warum nicht. Wir schnappten unsere Badesachen und gingen um die Ecke.

Der rechteckige Pool sah einladend aus. Also legten wir unsere Sachen auf zwei Liegestühle in der Nähe und stiegen die steile Badeleiter in das angenehm kühle Wasser hinunter. Dann platschte es plötzlich neben uns. Der Hund des Besitzers war offensichtlich ebenfalls ein großer Wasserfan und schwamm mit Wonne in dem Pool herum. Wir fanden es zwar seltsam, doch niemand hinderte ihn daran, und warum eigentlich auch, wenn er Spaß daran hatte.

Zurück im Zimmer, gönnten wir uns eine kleine Pause und schauten uns um. Das Haus selbst war schön ausgestattet, man spürte die angenehme Atmosphäre durch die geschmackvollen Details. Auf die anderen Räume war ich aber nun ebenfalls gespannt.

„Lass und losgehen zum Höhepunkt des Abends, dem Abendessen, erklärte ich."

Meistens mit Voranmeldung, konnte man in diesen Landhäusern mit den Gastgebern zu Abend speisen, hatte uns die Sprachlehrerin berichtet. Dies wollten wir hier unbedingt ausprobieren. Wir hatten reserviert und gingen nun Richtung Speisezimmer. Kunstvoll gefertigte antike Möbel zierten den Raum, das sahen wir gleich beim Hineinkommen. Man wies uns einen Platz an dem fast festlich gedeckten Tisch zu und wir waren überrascht und angetan von der fast luxuriösen Ausstattung ihres Esszimmers. Der Hausherr versorgte uns mit Getränken. Angestellte standen in der Ecke. Sie hatten wohl den Auftrag, das Essen zu servieren, so wirkte es. Für uns ein ungewohnter Anblick, vor allem beobachteten wir das doch recht devote Verhalten den Hausherren gegenüber. Wir genossen dieses ungewohnte Erlebnis und waren tief beeindruckt von der eleganten Atmosphäre.

Die Unterhaltung am Tisch lief in Englisch ab, da die Gastgeber noch in Porto als Ingenieure arbeiteten. „Vom Weinanbau allein kann heute kaum noch jemand leben, früher war das anders", erzählten sie.

So war der Besitzer des Weingutes in früheren Zeiten daran gewöhnt gewesen, dass zur Weinlese die Landarbeiter vor den Toren des Anwesens warteten, um Arbeit zugeteilt zu bekommen.

„Jetzt, in der Neuzeit, speziell nach Revolutionsende und mit dem moderaten wirtschaftlichen Aufschwung durch EU-Subventionen, sind viele auf diese schwere körperliche Arbeit gar nicht mehr angewiesen", erzählte der Hausherr.

So stand der Grundbesitzer mehr und mehr vor dem Problem, fähige Saisonkräfte für die Ernte zu bekommen. Dadurch war der Weinanbau schwieriger und unkalkulierbarer geworden. Da war es natürlich hilfreich und notwendig, noch einen festen Job in Porto zusätzlich auszuüben. Wir verstanden das.

„Aber beides zu vereinbaren und dann noch Vermietung, das stelle ich mir anstrengend vor", vermutete ich.

„Ja", meinten sie beide, „das ist so, aber wir machen das gerne.".
Das merkte man auch. Wir waren beeindruckt von diesem doch recht offenen Gespräch sowie den interessanten Eindrücken in portugiesisches Leben heute auf einer *Quinta*.

Die nächsten beiden Tage schauten wir uns die Gegend an, wanderten durch verschlafene Dörfchen und entdeckten viel Weinanbau an recht steilen Hängen. Kleine Wege durch die

Weinberge ließen manchmal einen Blick auf die Weinstöcke zu. Wir wussten, die Trauben werden hier geerntet und zu Wein oder Portwein verarbeitet. Mancher Wein wird mit dem Boot nach Porto geschickt. Dort findet dann die Portweinherstellung statt. Diese Gegend ist sozusagen die Herkunftsregion des Portweins. Die abschüssigen Hänge machten die Weinlese schwierig, aufwändig und auch teuer, hatten wir erfahren. Wir redeten noch das eine oder andere Mal mit den Vermietern und waren beeindruckt von den Erlebnissen und der Schönheit der Landschaft.

Im September gab es dann einen längeren Urlaub für uns und wir machten uns auf, die Mitte des Landes zu erkunden. Wir haben wunderschöne alte Prachtbauten, eindrucksvolle Kathedralen, historische Kulturstätten und lauschige Gartenanlagen entdeckt. Es gibt viel zu sehen und zu besichtigen, das merkten wir schnell.

Der Reiseführer hatte schon berichtet, welch reich ausgestattete Schlösser und Kirchen man sehen konnte, aber in Wirklichkeit war manches tatsächlich noch umwerfender! Die Fassaden beherbergen außergewöhnliche, in Stein gemeißelte Figuren und repräsentieren auf kunstvolle Art verschiedene Baustile vergangener Epochen. Jeder Bau wirkt auf seine Art gewaltig und großartig. Man konnte Schlossführungen machen, die locker eine oder zwei Stunden dauerten, da so viele Räume zu durchwandern waren. Oder man schaute sich berühmte Kathedralen von innen an und bewunderte die Kunstfertigkeit früherer Meister. Wir waren sehr beeindruckt, was es in diesem Land so alles zu sehen gab! In der Mitte des Landes, in *Sintra*, gab es verwunschene Gärten mit allerlei Artenvielfalt und ausgefallenen Skulpturen zu besichtigen. Als Hobbyfotograf konnte ich gar nicht genug Bilder in diesen teilweise exotisch anmutenden Gärten schießen.

An Sehenswürdigkeiten mangelte es also kaum und wir sind abends jeweils müde ins Bett gefallen bei so viel Besichtigungsprogramm am Tage.

Während unserer Reise haben wir meist in *Quintas* und Pensionen gewohnt. Dies ermöglichte jeweils einen interessanten Einblick in das portugiesische Leben. Die geschmackvollen Aufenthaltsräume für die Gäste konnten wir immer wieder bei einem Drink am Abend bestaunen und manche *Quinta* wartete mit einem großen Garten und auch teilweise mit einem Swimmingpool auf. Ein Schwätzchen mit dem Besitzer, mal in Englisch, mal in Portugiesisch, ließ uns immer mehr erfahren über den Alltag der Pensionswirte.

Kleine und auch größere Städte erkundeten wir, wie *Coimbra* mit seiner bekannten Universität oder auch *Leiria*. Die Küste bestaunten wir bei *Nazaré* oder auch in *Cascais*. Hier war das Meer zu kalt zum Baden, aber das umtriebige Strandleben und die vielen Leute auf der Strandpromenade vermittelten ein herrliches Urlaubsgefühl! Surfer sind hier das ganze Jahr über die wichtigsten Gäste, gibt es doch in bestimmten Monaten meterhohe Wellen!

Einige Zeit später haben wir nochmal eine andere *Quinta* weiter im Norden besucht. Eine bergige Region mit kleinen Dörfern und viel Wald empfing uns. Etwas abgelegen ist die Region, so schien uns das, aber auch wieder auf seine Weise interessant. Diese Quinta bestand aus sehr dicken Mauern aus Stein. Sie passte mit ihrem Aussehen gut in die Landschaft. Innen war es größer als gedacht, viele Zimmer gaben durch kleine Fenster den Blick auf die bizarre Landschaft frei.

Der Hausherr selbst führte uns stolz herum. Er kam uns wirklich wie ein klassischer „Landlord" vor! Eine einstündige Führung wartete auf uns. Natürlich in Portugiesisch! Hier wurde gar nicht überlegt, ob wir das verstehen würden oder nicht, merkte ich. Es wurde einfach vorausgesetzt. Gut, manches haben wir verstanden. Und wir nickten immer mal, um Interesse zu zeigen. Wieder muss ich sagen: Welch ein Erlebnis! So etwas vergisst man später nie!

Am Ende seines Vortrages äußerte der Vermieter nicht glatt:

„Die Demokratie wird sich sicher wieder überleben."

Wir waren zu sprachlos, um etwas zu sagen und schwiegen einfach, schauten uns aber kurz an. So etwas hatten wir noch nicht erlebt! Offensichtlich war aus seiner Sicht die Diktatur mit ihren Privilegien für die herrschende Klasse einfach wohl die bessere Staatsform gewesen.

Ich schaute auf seine Schuhe. Ja, er trug tatsächlich ganz hohe Gummistiefel! Seltsam, dachte ich. Aber das Wetter war an diesem Wochenende tatsächlich recht ungemütlich und vielleicht war er tagsüber viel draußen. Er trug außerdem so etwas wie eine Jagdkleidung und passte wirklich gut in sein Landgut, so schien es. Das ganze Haus war innen recht kalt und wirkte sehr traditionell, aber auch etwas düster und teilweise ungemütlich. Genauso musste es auch vor zweihundert oder dreihundert Jahren ausgesehen haben, ging mir durch den Kopf.

Wir erfuhren, es gebe hier kein Abendessen. Das machte nichts, im nahegelegenen Ort würden wir sicherlich etwas finden. Wir ließen es uns aber nicht nehmen, in einem seiner Salons später einen Digestif zu nehmen. Meistens verfügen die *Quintas* über noble Salons für die

Gäste mit endlosen Bücherreihen und vielen Bildbänden zum Blättern, das hatten wir schon gelernt. Und natürlich eine Auswahl an alkoholischen Getränken gehörte dazu. Die konsumierten Drinks bezahlte man dann später beim Auschecken. Ein guter Portwein war dabei immer zu finden, also entschied ich mich dafür und lehnte mich im Sessel zurück. Richard entschied sich für einen *Amarante*, eine Art Cognac. Wir waren zufrieden und ließen das alte, herrschaftliche Anwesen auf uns wirken.

Es war so ganz anders als die anderen *Quintas*, die wir bisher kennengelernt hatten, aber sehr eindrucksvoll und auch zur Landschaft passend in dieser doch recht abgelegenen, bergigen Region.

19. Herbst und Jobsuche

Mein Problem der fehlenden Aufgabe war immer noch nicht gelöst und kam im Alltag wieder einmal mit aller Macht zum Vorschein. Es ging um das reine Hausfrauendasein. Einmal wurde ich mittags sogar mal vergessen. Ich hatte nett gekocht. Wir hatten eine Zeit ausgemacht – und? Es kam keiner. Ich hatte auf der Terrasse gedeckt, es war noch schön warm und hatte mich auf meinen Mann gefreut. Ich rief an. Richard hatte bei all seinen Terminen unseren Mittagessentermin nicht rechtzeitig gesehen. Er versprach, gleich zu kommen und erschien mit einiger Verspätung am Mittagstisch, als alles schon wieder kalt war. Das ging für mich nun gar nicht. Es gab Streit.

Sicher war dieses Ereignis ein Auslöser gewesen, aber es war wohl auch wichtig, um herauszufinden, was mir liegt und was nicht. Man muss erwähnen, dass ich nie richtig „Nur-Hausfrau" in meinem Leben war und daher wenig konkrete Erfahrungen auf diesem Gebiet vorweisen konnte. Ich hatte die letzten 19 Jahre immer gearbeitet und wusste daher nicht, ob mir die Hausarbeit Spaß machen könnte oder nicht. Vielen Frauen gefiel es ja sehr gut, dachte ich bei mir. Sollte es bei mir ganz anders sein?

Wir vertrugen uns wieder, und ich dachte nach.

Ich lernte, Hausarbeit generiert für mich keinerlei Erfolgserlebnisse und die Dringlichkeit einer Lösung kam für mich immer wieder zum Vorschein. Etwas Anderes musste her, eine Aufgabe!

Ich redete mit Richard darüber und freute mich, dass er mich auf jeden Fall ermutigen wollte, die Jobsuche nun konkreter anzugehen.

Dies war jetzt das zweite Mal, dass ich seine Unterstützung deutlich fühlte und mich darüber freute. Das erste Mal verspürte ich Vertrauen und Zuversicht, als er mir in der Frage des gemeinsamen Geldes und der Regelung der Finanzen die Verantwortung übertrug. Nun würde er mich auf dem schwierigen Weg der Arbeitssuche begleiten – das gab mir wirklich Auftrieb und ich war glücklich.

Ich war noch nicht sicher, wie ich vorgehen sollte. Eine lokale Zeitung hatte immer wieder Stellenanzeigen im Angebot, hauptsächlich aus Porto und so bewarb ich mich häufiger. Nun muss man dazu sagen, dass die Jobsuche anders als in Deutschland funktionierte. Der Arbeitsmarkt war nicht offen für andere EU-Bürger, das hatte ich ja schon gelernt und ganz wichtig, Beziehungen musste man haben. Dann ging was. Die hatte ich aber nicht.

Ich schaute mir trotzdem die Stellenangebote an und bewarb mich ein paarmal. Meist gab es Absagen (welche auch nicht so einfach zu verkraften waren), aber schließlich erreichte ich eine überschaubare Anzahl von persönlichen Bewerbungsgesprächen.

Meistens allerdings mit dem Ergebnis, dass es nicht klappen würde. Skeptisch würde ich die Einstellung der meisten Gesprächspartner nennen, bei denen ich vorsprechen konnte. Vielleicht passte ich auch nicht wirklich in die ausgeschriebenen Stellen hinein mit meinem eindeutigen Hang zu Kenntnissen im Bankbereich. Profunde Kenntnisse in anderen Berufen konnte ich nicht vorweisen, also scheiterte es meistens daran. Ich fuhr mit dem Stadtplan gewappnet nach Porto und lernte einige Firmen etwas näher kennen.

Am nächsten dran, eine Stelle zu bekommen, war ich mit einem Gespräch bei einer Portweinkellerei in *Vila Nova de Gaia*. Sie boten die Position einer Touristenführerin an und ich hatte den Job einer Gästeführerin fast (das wäre in Englisch und Deutsch für mich möglich gewesen), aber in letzter Sekunde meinte die Personalsachbearbeiterin: „Sie sind zu alt für das Team. Die Teamleiterin ist jünger als Sie und das geht gar nicht!"

War ich enttäuscht! Aber wahrscheinlich hat die Dame richtig entschieden. Wer weiß, wie lange ich den Job wirklich ausgeübt hätte? Zudem wäre es ein weiter Weg jeden Tag nach *Vila Nova de Gaia* für mich gewesen (fast eine Stunde Fahrt mit dem Auto einfach), sechs Tage hintereinander Dienst und relativ schlechte Bezahlung. Das hatten sie wohl auch so gesehen.

Durch die Sprachlehrerin erfuhr ich, dass man sich mal bei kleineren Instituten für kleinere Übersetzungen bewerben könnte. Ich hatte das ja schon von den anderen Engländerinnen und Spanierinnen gehört. Immer noch unsicher, hörte ich ihr zu.

Sie wollte mich nun unbedingt überzeugen, etwas zu arbeiten. Zumal die meisten portugiesischen Frauen tätig sind und ich aus ihrer Sicht daher auch etwas für mich finden sollte. Sie half gerne, ein Bewerbungsschreiben aufzusetzen. Dies war eine spannende Angelegenheit für mich und ich konnte einige losschicken. Zu meiner Überraschung haben nach und nach Agenturen tatsächlich immer wieder mal kleine Aufträge angefordert, meistens waren das Übersetzungen von Portugiesisch ins Deutsche. Das war schon mal was. Da ich aber noch nicht so fit in Word war, musste Richard bei der Fertigstellung helfen und das richtige Format finden. Das klappte aber gut und so hatte ich bisschen etwas zu tun.

Es ist schon seltsam, dass jeder sein Glück anders definiert, aber ich lernte über mich, dass es für mich wichtig war, etwas sogenanntes „Sinnvolles" zu tun. Mit den kleinen Übersetzungen hatte ich das Gefühl, wieder etwas zur Gesellschaft beitragen zu können. Für mich, das war offensichtlich, war „Arbeit zu haben" einfach ein wichtiger Faktor. Das ist für andere sicher anders, aber ich musste nun lernen, damit umzugehen. Das hatte ich vorher nicht gewusst und so mussten sich nun neue Lösungen finden lassen. Anerkennung und Beschäftigung fehlten mir wohl als Hausfrau, und selbst diese kleinen Erfolge mit Übersetzungen zu verspüren, war mir offensichtlich wichtiger, als anfangs gedacht.

Das bedeutete, ich musste weitersuchen und kleine Arbeiten mit der Hausarbeit vereinen, was bisher ja nicht schwierig war.

Zufrieden konnte ich nun den nächsten Schritten entgegensehen, zumal ich Rückendeckung durch Richard hatte. Das war ein schönes Gefühl.

20. Der erste Winter in Portugal und Weihnachten

Die österreichische Bekannte sagte mal: „So habe ich in meinem Leben im Winter noch nie gefroren."

Da ist was dran. Die Außenwände der Häuser ließen leider die Kälte durch, Isolation gab es überall fast nicht und so hatte man in den Räumen in der Früh ca. 10 Grad, mal mehr, mal weniger und dazu die Nässe, die die Atlantiknähe so mit sich bringt. Das lernte ich im Herbst schnell.

Relativ früh im Spätsommer haben wir noch einen zusätzlichen Gasofen erstanden sowie zwei kleine elektrische Heizlüfter, meist fürs Bad und die Küche, und eine fahrbare Elektroheizung. Wenn man die Geräte allerdings wieder ausschaltete, wurde der Raum sofort wieder kalt. Dies hieß, man heizte nur den Raum, den man gerade brauchte. Das ist für die Hausfrau natürlich nicht immer möglich, den richtigen Raum zu heizen, da man ja auch viel hin- und hergeht. Daher hatte ich schnell viele Strickjacken und entsprechende Halstücher erstanden, um mich innen etwas wärmer auszustatten. Wenn ich wusste, wir essen bald zu Abend, konnte ich den Wohnraum mit dem Gasofen vorheizen. Die Portugiesen leisteten sich das nicht, hier wurde meist im Winter innen mit Decken gearbeitet.

Manchmal genoss ich es fast, mit dem Auto herumzufahren, da die Heizung so schön wärmte. Hatten wir ja schon die Portugiesen sitzend in stehenden Autos vorgefunden, tat ich es ihnen jetzt manchmal gleich. Wichtig war jedoch, die Sonne direkt vorne auf die Windschutzscheibe zu bekommen und dadurch ganz behaglich mal in der Sonne zu sitzen und die Wärme zu spüren.

So haben wir anfangs immer wieder weit offene Fenster an Häusern im Winter gesehen und dies erst nicht verstanden. Aber klar, es war dann teilweise mittags draußen wärmer als innen, und so versuchte man, etwas Wärme nach innen zu bringen.

Nicht einfach war es auch in unserem großen Schlafzimmer. Wohl entstand dies hauptsächlich durch die große Glasfront in Form von Schiebetüren, die zwar viel Licht hereinließen, aber dadurch auch Angriffspunkte für Wind, Nässe und Kälte boten. Die relativ wackelige Qualität der Türen und Fenster führte dazu, dass der Wind immer etwas durchpfiff. Stieg man dann abends ins Bett, war es kein Spaß, mit der klammen, kalten Matratze Kontakt aufzunehmen. Es dauerte länger, bis der Körper diese wieder aufgewärmt hatte. Aber mit Geduld und etwas Zeit wurde es besser und man konnte einschlafen. Wir gewöhnten uns bald daran.

Einen guten Tipp für unser doch auch recht kaltes Wohnzimmer im Winter bekamen wir von den Österreichern. Wir stellten fest, dass trotz der Wärme des Gasofens diese wohl nach oben wegzog, und es immer noch wenig heimelig erschien. Man muss sich vorstellen, dass diese Häuser ja für die Ferien gebaut waren, so dass ein offener Bereich und nach oben offen für den Sommer durchaus Sinn machte, aber für das tägliche Leben, speziell in den Wintermonaten, eben nicht wirklich angenehm war.

Sie meinten, ein Vorhang am Eingangsbereich zur Treppe hin würde sicher gut helfen. Keine schlechte Idee. Ich ging nach *Vila do Conde* in ein Gardinengeschäft, man kam nach Hause zu uns und nahm Maß. Ein nicht ganz billiger, dickerer orangeroter Stoff wurde genäht und auch von ihnen angebracht. Es funktionierte tatsächlich.

Die Wärme blieb fortan etwas mehr im Wohnzimmer und man konnte wirklich gemütlicher seinen Abend genießen. Im Sommer hat man den Vorhang einfach an den Seiten mit Schlaufen befestigt und er störte nicht.

Wir hatten uns ja anfangs noch andere Objekte angeschaut und jedes Mal festgestellt, dass alles sehr offen und großzügig gebaut wurde. Kleine Räume wären hier fast besser, wenn man das ganze Jahr darin leben will. Aber mir gefiel auch das Großzügige und wir hatten mit dem Vorhang eine gute Lösung gefunden, die auch hübsch aussah.

Ich suchte nach Plätzen, die im Winter warm waren. Die schon erwähnten Einkaufszentren, wurden nun tagsüber etwas länger als im Sommer mein Aufenthaltsort. Hier war es, bedingt durch eine zentrale Klimaanlage, die alles im Winter heizte, warm und man konnte ein bisschen bummeln. Auch das Kino bot dann eine willkommene Abwechslung, hier war es manchmal sogar noch wärmer und man konnte spezielle Liegesitze buchen.

Mal sehen, wie es im Winter generell so ist. Durch unseren Orientierungstrip kannten wir es ja schon etwas, es kann tagsüber 10 bis 15 Grad werden, oder aber kälter sein, nachts kann es an Null Grad gehen, aber es gibt kein Eis und Schnee in der Nähe des Ozeans. Entscheidend ist die Menge des Niederschlags. Bei sehr viel Regen und Kälte fühlt sich alles noch viel kälter an und man kämpft im Haus mit Heizöfen und Entfeuchtern.

An anderen Tagen, wenn die Sonne hervorkommt, kann man sogar mittags mal draußen sitzen und genießt die Sonnenstrahlen. In Erinnerung ist auf jeden Fall das Licht geblieben, welches im Winter einen entscheidenden Unterschied zu dem Wetter in Deutschland darstellt (wenn es nicht regnet, wohlgemerkt!).

Dann rückte Weihnachten näher. Wir beschlossen, zu Hause zu bleiben, da die Flüge nach Deutschland in dieser Jahreszeit auch recht teuer waren. Wir fanden es gemütlich in unserem neuen Heim und haben tatsächlich auch mal einen Weihnachtsbaum im Wohnzimmer aufgestellt. Wir fühlten uns wohl, mal so im eigenen Haus alleine zu Weihnachten.

Im Ort gab es eine kleine Gärtnerei mit viel Auswahl an Bäumen und Topfpflanzen und fungierte gleichzeitig als einziger Blumenladen. Hier konnte man frische, günstige Blumen erstehen.

Oft habe ich hier vorbeigeschaut und mir etwas ausgesucht, nur leider war ich in meinem Außengelände am Haus meist nicht sehr erfolgreich, und die Topfpflanzen hielten nicht lange. Einen schönen Weihnachtsbaum haben wir hier jedoch bekommen und glücklich nach Hause transportiert.

Ich kaufte hier auch gerne immer mal einen Strauß für den Tisch. Nur redete der Besitzer meist so undeutlich, sodass ich kam etwas verstand. Zu anfangs gab es im Dorf auch noch eine Frau, die in einer Garage in der Nähe ein paar Blumen günstig verkaufte. Da konnte man sich mit schönen kleinen Pflanzen und Schnittblumen versorgen. Und den Markt freitags in *Vila do Conde* muss ich diesbezüglich noch erwähnen. Da gab es die schönsten frischen Blumen preiswert direkt von den Bauersfrauen.

Jetzt nahten erstmal die Weihnachtsfeiertage. Wir zogen uns festlich an und genossen glücklich unseren Heiligabend im „Haus."

Durch Kontakte der Kollegen waren wir am 1. Feiertag bei Portugiesen eingeladen. Ein unvergessliches Erlebnis! Wir fuhren 50 Minuten in ein bekanntes Städtchen und betraten ein schönes Haus etwas außerhalb im Norden gelegen. Nicht zu groß, aber mit einem riesigen Wohnzimmer versehen. Hier konnte man wieder die Vorliebe der Portugiesen für große Räume bewundern.

Wie in portugiesischen Familien üblich, versammelten sich viele Verwandte zu diesem Fest und es gab Unmengen zu essen. Man saß an einer riesigen Tafel und redete. Es wurden immer wieder neue Gänge aufgetischt und für uns Deutsche war das völlig ungewohnt, so viele verschieden Speisen zu essen oder wenigstens zu probieren. Niemand würde solche Mengen an Essen vertilgen können, dachte ich. Aber wir schlugen uns tapfer und probierten die wichtigsten Gerichte. Danach gab es Kaffee und Cognac und wir atmeten auf. Erstmal geschafft!

Weiter fanden wir es interessant, dass sich nach dem Essen alles ganz selbstverständlich im großen Wohn- und Esszimmer aufteilte. Ein Teil fing an einem Tisch an zu spielen, andere setzten sich zusammen und schauten Fernsehen, wieder andere lasen ein Buch und die Kinder spielten draußen. Man musste nicht alles gemeinsam machen wie bei uns, so schien uns das, man konnte ganz frei und unverkrampft seinen Neigungen nachgehen, ohne andere zu ärgern. Das war eine schöne Stimmung dort. Wir verstanden natürlich nur ein Teil der Unterhaltung, bemühten uns aber redlich, an den richtigen Stellen zu nicken oder auch mal etwas beizutragen. Aber eine längere Konversation in Portugiesisch konnte ganz schön anstrengend sein!

Ich sehe noch den Hausherrn mit seinen roten Schuhen vor mir. „Sehr ungewöhnlich", sagte ich zu Richard. Am späten Nachmittag fuhren wir nach Hause und fühlten uns inspiriert durch diese neuen Eindrücke! Was hatten wir in diesem Jahr nicht schon alles erlebt!

Wir hatten so eine nette Familie kennengelernt, aber der Kontakt zu ihnen brach abrupt wieder ab. Es kam uns so vor, als ob man uns mal präsentieren wollte und dann schnell wieder das Interesse an Ausländern verlor!

Wir schauten uns um, was Weihnachten in Portugal ausmachte. Nun, die deutschen Weihnachtsmärkte fehlten. Die haben wir nicht vermisst. Es gab so vieles anderes zu entdecken. Die Weihnachtsbeleuchtung in den Straßen war eher spärlich, insgesamt war die Dekoration nicht so überladen wie manchmal in Deutschland. Uns gefiel dies. Es wurde kein Glühwein getrunken, aber die Frau in der Fußgängerzone mit den gebrannten Mandeln sehe ich noch vor mir. Und es gab ja in der deutschen Schule den erwähnten Weihnachtsbasar kurz vor den Feiertagen. Am zweiten Weihnachtsfeiertag wird normal gearbeitet. Manche Läden haben auch an Weihnachten geöffnet. Dadurch wirkt es nicht so still und besinnlich wie bei uns, eher etwas offener und heiterer. Uns hat es gut gefallen, dies etwas andere Weihnachten in Portugal zu erleben.

Auch die Vegetation war an Weihnachten anders als in Deutschland, es blühten mehr Pflanzen und alles wirkte nicht so grau und trübe.

Zu Silvester schauten wir uns das Feuerwerk in *Vila do Conde* an. Man hatte in der Nähe des Meeres mehrere Zelte aufgebaut und versuchte, etwas Party zu veranstalten. Das Meer rauschte im

Hintergrund, die Musik tönte laut aus den großen Lautsprechern und der Regen klatsche seitlich etwas gegen die Kleidung. Mal ein ganz anderes Silvester, so direkt am Meer!

So etwas hatten wir noch nicht erlebt. Ein Stand bot etwas Häppchen an und verschiedene Getränke. „Ein Cocktail wäre jetzt genau das richtige", sagte ich zu meinem Mann. Sofort bekam ich das Gewünschte.

„Komm, lass uns tanzen", ermunterte mich Richard. Ich hatte Skiunterwasche an und einige Lagen darauf an. Gerne versuchte ich mein Bestes. Das Ganze war recht eindrucksvoll, aber die feuchte, kalte Witterung drang doch schnell durch die Kleidung. Wir erlebten ein Feuerwerk direkt am Meer! Gigantisch.

„Ich möchte doch wieder ins Trockene. " Wir fuhren nach Hause.

Die Party an Silvester nahe am Meer wurde zu einer ungewöhnlichen und außergewöhnlichen Erinnerung.

Es wurde Januar. Da es im Land generell weniger Laubbäume gibt, sind die ganzen Pinien, Zedern und Kiefern wunderbar anzusehen das ganze Jahr über. Grün ist hier auch noch im Winter eine vorherrschende Farbe.

Rhododendron und Kamelien blühen früh im Jahr, ebenso die Azaleen. Wir haben später kleine öffentliche Gärten entdeckt, die schon im Januar schon wunderschöne Blühpflanzen ausstellen. So bietet der Winter natürlich auch schöne Erlebnisse, man kämpft nicht mit Eis und Schnee auf dem Bürgersteig, man braucht keine dicken Winterjacken und kann auch schon mal im Winter draußen sitzen!

Ich kann mich erinnern, dass wir früh im Jahr in *Póvoa de Varzim* in einem schönen Strandrestaurant mittags sitzen konnten, da die

Terrasse vom Wind geschützt lag. Sonntags gab es immer ein ordentliches Buffet mit viel Auswahl. Man nahm sich etwas und genoss die Sonne bei einem Glas Wein auf der Terrasse. Das ließ sich aushalten, auch schon im Januar oder Februar.

21. Frühjahr und Sommer 2000

Mit dem nächsten Frühjahr kam natürlich auch wieder die Hoffnung auf wärmere Tage. Ich kannte das Land und seine Gewohnheiten nun besser und wir wussten, wo man schöne Momente sonntags am Meer genießen konnte.

Im Juni machten wir das erste Mal die Erfahrung, bei dem Nationalfeiertag der Portugiesen *São João* dabei zu sein. Wir übernachteten sogar in Porto, um näher am Geschehen zu sein.

Obwohl das Grillen für jeden Portugiesen stets sehr wichtig ist, war zu dieser Jahreszeit und bei dieser Veranstaltung die Häufigkeit noch gestiegen. So bemerkten wir gegen Abend in unserem Hotelzimmer in Porto plötzlich viel Rauch und erkundigten uns nervös nach dem Grund. So fanden wir heraus, dass es einfach nur ein „normaler Grillabend mit Sardinen war" und für uns ungewohnt rauchig zuging.

Das Fest an sich gestaltete sich so, dass viele in Gruppen oder mit Freunden zum Fluss zogen, bewaffnet entweder mit einem Gummihammer, den es jetzt überall zukaufen gab oder mit einer lustigen, lila blühenden Blume. Dies führte dazu, dass man andauernd entweder die Blume im Gesicht hatte oder mit dem Hammer eins auf den Kopf bekam. Zudem wurde es wirklich immer voller zu vorgerückter Stunde. Interessant fanden wir, dass kaum jemand Alkohol trank und trotzdem lustig feierte. Irgendwann wurde es uns auch zu voll und wir gingen zurück ins Hotel, noch berauscht von den ungewöhnlichen Eindrücken.

Wir wollten weiter den Sommer genießen. Wir konnten wieder viel entdecken in diesem Jahr und waren oft verreist. Es gab ja auch die Möglichkeit der bezahlten Heimflüge. Wir nutzten dies in den Jahren 2000 und in 2001. Dies war immer eine schöne Gelegenheit, die Heimat wiederzusehen.

Einmal waren wir sogar vier Wochen am Stück weg, erst in Dresden, dann in München und zusammen dann noch in Südkorea. Dies war eine unserer aufregendsten Reisen, die wir je unternahmen, viele Erlebnisse vor Ort prägten sich tief ein. Richard besuchte dort einen Lieferanten und musste teilweise tagsüber arbeiten. Dennoch haben wir viel von Seoul gesehen und auf dem Land in einem Kleinstädtchen gab es ganz eigene, unverwechselbare Eindrücke, die unvergessen blieben.

Wieder zu Hause angekommen, mussten wir feststellen, dass unsere kleine Mauer am Vorgarten zur Straße hin verschwunden war. Stattdessen waren ca. 20 cm kleine Sträucher gepflanzt worden. Verwundert fragten wir den portugiesischen Nachbarn, was hier passiert sei. Er sagte uns, man habe die Grundstücksgrenze erweitern können und im Auftrag des Vermieters die Mauer entfernt und ein paar Zentimeter weiter die Sträucher gepflanzt. Nun, diese waren uns definitiv zu klein, und bis diese Pflanzen gewachsen wären, wären wir ja längst wieder weg. Es gab etwas Verhandlungen mit dem Vermieter, aber schließlich bekamen wir neue Pflanzen mit mindestens ein Meter Höhe und waren wieder zufrieden.

Ausflüge nach zu den bekannten Plätzen im Norden, wie *Esposende* , *Viana do Castelo* weiter im Norden, ebenso wie *Guimarães, Ponte de Lima, Braga,* ja auch ein kleiner Trip nach Nordspanien waren interessante und abwechslungsreiche Pausen vom Alltag, die wir gerne genossen. Man konnte überall das bunte Treiben im Sommer beobachten.

Eines Tages entdeckte Richard eine Verkaufsanzeige für eine kleine Vespa an der schwarzen Tafel im Werk. Nachdem ich ein Jahr lang immer den Fahrdienst gegeben hatte, fanden wir es doch manchmal zu umständlich und diese Lösung für den nur geringen Arbeitsweg von drei Kilometern erschien uns sinnvoll. Schnell fanden wir heraus, dass es sich bei den Verkäufern um Sven und Ingrid handelte. Von Deutschen kauften wir natürlich gerne, das war nicht kompliziert.

So erstand Richard die Vespa, Helme hatte er noch aus seiner Motorradzeit und los ging es. Wir konnten im Sommer mal an den Staus nach *Vila do Conde* vorbeifahren und in die nähere Umgebung gelangen, ohne mit dem Auto lange Schlange zu stehen. So richtig begeistert war ich vom Mitfahren hintendrauf allerdings nicht, kann ich sagen. Einerseits war ich zu ängstlich, andererseits fand ich, dass man relativ viele Abgase einatmet, so dass es bei kleineren Ausflügen blieb. Die längste Fahrt unternahmen wir einmal an einem Sonntag im Sommer. Wir rauschten an den im Stau stehenden Autos locker vorbei und fuhren bis nach *Póvoa de Varzim*. Dort gab es anfangs ein Kino und wir waren ganz stolz auf diesen relativ weiten Ausflug ganz ohne Auto!

Das Kino war in einem alten Gebäude untergebracht, in dem der größte Supermarkt der Gegend beheimatet war. Eine Treppe führte ins Obergeschoss und zur Kinokasse. Dort erstanden wir Eintrittskarten, unvermeidliches Popcorn und Cola. Nun machten wir es uns in den bequemen Sitzen gemütlich. Der Film wurde auf

Englisch mit portugiesischen Untertiteln gezeigt. Das war an und für sich eine gute Idee und wir könnten richtig etwas lernen, dachten wir. Leider waren die Gäste, speziell die Kinder, sehr laut und so konnten wir den Ton in Englisch kaum hören. Sie achteten ja mehr auf die Schrift. Trotzdem war es eine gute Abwechslung und wir haben es hin und wieder mit Freude genutzt.

Für Richard jedoch stellte das neue Verkehrsmittel eine gute Lösung dar, wurde er damit doch unabhängiger und konnte auf dem Heimweg auch mal etwas mitbringen. Für Portugiesen wäre das kein Modell gewesen, da das Statusdenken sehr ausgeprägt war. Ein Ingenieur benötigt in ihren Augen unbedingt ein Auto, nicht eine Vespa. Für uns jedoch war die Lösung gut, außer bei sehr starkem Regen.

22. Ausflug in den Alentejo und die Algarve

Wir waren mittlerweile ganz gespannt, wie der Rest des Landes unterhalb von Lissabon aussehen würde. Schließlich handelte es sich ja hier um beliebte Haupttouristenorte. Ende September sollte es losgehen.

Ich hatte schon viel über den einsameren, aber sehr heißen Teil Portugals gehört und gelesen. Dieser grenzt direkt an Spanien. Der *Alentejo* ist ein recht trockener Landstrich. Vorherrschende Vegetation sind die Korkeichen und Olivenbäume. Etwas Magisches konnte man hier spüren, das merkte ich gleich. Es ist eine besondere Landschaft, wenig besiedelt und nur leicht hügelig. Schnurgerade, einsame Straßen und viel Ruhe beherrschen die Stimmung, so habe ich es empfunden. Man fährt durch kleine Dörfer mit weißen Häusern, dann wieder liegt ein Weingut oder ein Pferdehof am Wegesrand. Tagsüber brennt die Hitze erbarmungslos herunter. Wollte man durch die Dörfer bummeln, bekam man schnell die Hitze zu spüren, und jeder Schatten war willkommen. Forstwege in den Olivenbaumplantagen boten schöne Eindrücke. Diese besondere Stille beeindruckte mich tief. Im Schatten dieser Olivenbäume zu träumen, bedeutete Glück und Entschleunigung!

Einige Tage verlebten wir hier und übernachteten in unterschiedlichen Quartieren. Wir haben schöne, mittelalterlich anmutende Städtchen wie *Castelo de Vide*, *Marvão*, *Monsaraz* oder *Alegrete* besucht und sind durch die Gassen geschlendert. Hier gibt es keine Hochhäuser, wie angenehm, dafür intakte Dorfkerne und Reste von Stadtmauern. Man fühlt sich wie in eine andere Zeit versetzt, eine fast meditative Ruhe war zu spüren, aber natürlich war es auch ein bisschen einsam. Kaum jemand war auf der Straße zu sehen.

Der Reiseführer hatte einige Empfehlungen in dieser Region und wir konnten uns nur seinem Urteil anschließen, dass diese Gegend wirklich besonders auf den Gast wirkte. Teilweise einfach eine ganz andere Welt, ohne Hektik und Eile.

Sollte man allerdings Infrastruktur benötigen, wurde das manchmal recht schwierig. Einmal wollten wir mittags etwas essen in einer ganz einfachen Dorfkneipe. Bedingt durch ihren starken Akzent wie auch unseren deutschen Akzent blieb eine Verständigung fast unmöglich. Wir haben dann einfach mit Händen und Füssen bestellt.

In den kleinen, am Rande des Landes nahe Spanien gelegenen Städtchen ließen sich abends immer schöne Plätzchen für einen Sonnenuntergangsdrink finden. Es war meistens still und man konnte die besondere Atmosphäre zum Sonnenuntergang spüren.

Wir sind ein bisschen im Landesinneren herumgefahren und haben uns alles angeschaut.

Ein Pärchen als Aussteiger haben wir getroffen, die eine Pension betrieben und waren erstaunt, wie man da leben konnte. Meist war man weit ab von größeren Ansiedlungen und die Touristen kamen nur wenige Monate im Jahr. Ich weiß nicht, ob mir das gefallen würde.

Diese Pension der Engländer sollte direkt an einem großen Binnensee mit eigenem Badesteg liegen. Das klang erst mal gut. Die Fahrstraße bzw. Weg dorthin führte 30 Minuten über eine Schotterpiste, das fanden wir recht gewöhnungsbedürftig. Wir blieben drei Tage dort, fühlten aber schon am zweiten Tag, dass diese

Abgeschiedenheit nicht so ganz unser Fall war. Die Zimmer waren klein, in einem ehemaligen Stall untergebracht, aber nett zurechtgemacht.

Die Atmosphäre der *Quinta* war entspannt und der Plausch am Abend mit den anderen Gästen, meistens Engländer, sehr anregend. Es gab einige Gäste, die hier Urlaub machten, aber auch Engländer, die in der Nähe lebten, so dass wir wieder interessante Geschichten über Auswanderer zu hören bekamen.

Weiter ging es nun an die *Algarve*. Wir hatten schon viel darüber gehört. Ist dies ja generell der Hauptmagnet des Landes für die Touristen. Da waren wir mal gespannt.

Ernüchternd war der erste Eindruck, so empfanden wir es. Hochhäuser, Bettenburgen und Massentourismus sind hier normal, fast jeder spricht Deutsch oder Englisch und es ist schwierig, ein gemütlicheres kleineres Städtchen mit etwas Atmosphäre zu finden. Wo war das einstige Fischerdörfchen *Albufeira* geblieben? Gut, das Wasser an der *Algarve* ist wärmer, so 19 bis 20 Grad, aber richtig verlockend erscheint das auch nicht. Sobald man weiter westlich kommt, sind die Steilküsten bizarr und pittoresk anzuschauen, das ist auf jeden Fall sehenswert.

Man kann von der Straße aus hinunterklettern und schöne Buchten entdecken, leider ist man da aber auch selten alleine und der Wind bläst kräftig. Schöne Blicke auf die Felsen versöhnten schließlich doch und wir konnten im Windschatten auch mal ein kleines Bad im Meer nehmen. Dazu waren wir ja schließlich auch gekommen.

Wir hatten uns ein schönes Hotel im maurischen Stil ausgesucht. Mit nicht zu vielen Zimmern, etwas außerhalb gelegen. Auch hier herrschten die Nationalitäten Deutsch und Britisch vor, wie wir aus den Gesprächen entnahmen. Das Haus war nicht zu groß und die Anlage wirkte geschmackvoll.

Abends machten wir uns auf, die Stadt zu erkunden. Bedingt durch die vielen Touristen, war hier das Angebot entsprechend. Plötzlich gab es indische oder griechische Lokale, viele Bars und Kneipen, sogar kleine Eiscafés. Wir nutzten die ungewohnte Vielfalt und probierten einiges aus. Auch dem Westen der *Algarve* statteten wir einen Besuch ab. Hier gab es wieder viel Kitsch und ein reichhaltiges Souvenirangebot. Aber ein Foto an der Küste am westlichsten Punkt Europas durfte natürlich nicht fehlen!

Als nächstes fuhren wir an der Küste entlang wieder in Richtung Norden und machten in einem Küstenstädtchen halt. Hier wohnten wir in einer ehemaligen Burg. Das war ein sehr besonderes und eindrucksvolles Erlebnis. Wir hatten dieses ungewöhnliche kleine Hotel mit historischem Ambiente in einem Buch entdeckt und im Vorhinein gebucht. Man wies uns das Turmzimmer mit einer angegliederten privaten Terrasse zu. Der Blick aufs Meer war atemberaubend! Zu jeder Tageszeit war das Licht anders. Auch hier konnte man wieder mit dem Hausherrn und anderen Gästen abends speisen und Eindrücke sammeln. Das haben wir sehr genossen.

Zuletzt sollte es noch einen kurzen Abstecher in die Hauptstadt geben! Der Reiseführer hatte viele Sehenswürdigkeiten in Lissabon zu vermelden und wir wollten einen ersten Eindruck im Zentrum gewinnen. Wir entschieden uns für ein kleines Hotel in der *Alfama* und parkten dort.

Jetzt ging es auf Erkundungstour! Der Fluss in der Nähe war schnell erreicht und die Aussicht spektakulär! Die große Brücke über den *Douro*, die weithin sichtbare *Ponte Vasco de Gama*, war eindeutig der Blickfang.

Weiter schlenderten wir durch das Stadtviertel und bestaunten enge Gässchen sowie viele kleine Plätze, die sicher als Treffpunkt für die Bewohner dienen. Große Alleen prägten teilweise das Stadtbild, dann wieder ging es in enge kleine Straßen mit vielen alten charmanten Gebäuden, nur teilweise restauriert. Lissabon ist völlig anders als Porto, lernten wir, aber auf andere Weise schön und teilweise auch elegant und wirkt offener mit seinen breiten Straßen!

Also, wir hatten die Mitte des Landes wie auch den Süden mit dem *Alentejo* und die *Algarve* kennengelernt. Was gefiel uns am besten? Wenn man im Norden lebt, ist man beeinflusst und schätzt diese Region besonders, auch wenn sie manchmal dunkler und ärmlicher erscheint als die Mitte oder der Süden.

Dafür erschien es ursprünglicher. Die Sprachlehrerin sagte uns den bekannten Spruch auf: „Porto arbeitet, Coimbra singt und Lissabon lebt."

Nordportugal hat zwar weniger Touristen und ist auch kälter, aber uns hat der Massentourismus an der *Algarve* eher etwas abgeschreckt, kann ich sagen.

23. Lösung des Problems?

Immer wieder stellte sich mir die Frage nach einer Aufgabe oder Beschäftigung, also ob ich noch etwas „Sinnvolles" für mich finden konnte. Oft wurde ich gefragt, ob ich ein Tier möchte. Nein, das war zu viel Verantwortung in meinen Augen. Außerdem wollte ich lieber mobil bleiben und viel reisen.

Eines Tages hatten wir jedoch morgens einen Karton im Vorgarten, in dem sich eine kleine Katze befand, kaum geboren und ganz, ganz klein. Dieses Tier hatte wohl jemand bewusst in unserem Garten platziert, vermuteten wir, da sie doch wussten, dass sich Deutsche gerne um herrenlose Tiere kümmern. Aber wir wollten nicht wirklich eine Katze, also half der Nachbar und brachte sie zu einem Bauernhof. Dort war sie sicherlich gut untergebracht.

Gedanken kamen und gingen. Richard und ich setzten uns zusammen und überlegten, was ich machen könnte und ich war ihm dankbar dafür. Schließlich entschied ich mich, einen Computerkurs für Word und Excel im Herbst anzufangen und danach eventuell noch eine andere Fortbildung zu machen.

Aber zuerst, ein Computerkurs, welch ein Abenteuer! Ich hatte während meiner Bankkarriere wenig konkrete Ahnung von Computerprogrammen wie Word und Excel mitbekommen und dies erschien mir als der erste notwendige Schritt, den Computer besser kennenzulernen. Schließlich war es das Jahr 1999 und die Arbeit am Computer ging erst so nach und nach richtig los. Ich hatte einfach zu wenig Ahnung und wollte gerne mehr darüber erfahren und lernen.

Der Kurs war in Portugiesisch. Ich hatte eine Anzeige in der Zeitung entdeckt, die wir manchmal kauften und informierte mich vor Ort. Es sollten mehrere Lektionen sein, die man nach und nach in einem Unterrichtsraum abarbeiten konnte und man würde ca. drei Monate dafür benötigen. Ich musste mit dem Zug nach Porto fahren. Der Kurs begann im Herbst. Er fand in einem uralten Gebäude in der Nähe eines Bahnhofs *Boavista* im Norden Portos statt. Das ist auch eine sehr interessante Ecke der Stadt, fand ich. Ja, ich wollte es wagen und fühlte mich wichtig!

Ich meldete mich an und begann. Wenn man aus dem Zug stieg, stieß man direkt auf einen großen Kreisel, von dem ungefähr sechs oder sieben Straßen abgingen. Ein Denkmal zierte die Mitte des großen Kreisels. In einem kleinen Haus in einer Seitenstraße lag die Computerschule.

Es gab in der Umgegend viele verschiedene kleinere Läden, man konnte dort also gut bummeln gehen, ein paar Lebensmittel kaufen und in einem Café eine Kleinigkeit zu sich nehmen. Daher war mein Ausflug dahin auch immer mit spannenden Erlebnissen und neuen Eindrücken verbunden. Im Herbst und Winter war dann die Stimmung auch noch eine andere, da alle in dunklen Jacken dahinhuschten. Eine Frau stand mit gebrannten Mandeln an einer Straßenecke, Rauch zog nach oben und verbreitete damit ebenfalls etwas Winteratmosphäre. Der Duft war schon von weitem wahrzunehmen.

Man hat eigentlich keine genaue Vorstellung, was es heißt, in ungeheizten Räumen länger zu sitzen. Ich zog jedes Mal Skiunterwäsche unter die Kleidung, wenn ich zu meinem Kurs ging. Trotzdem fror ich dort nach kurzer Zeit sehr. Mit dem Wörterbuch in der Hand lernte ich die Befehle am Computer kennen und bearbeitete die Aufgaben. Zum Glück gab es freie Zeiteinteilung, man kam, bekam Aufgaben zugeteilt und konnte dann wieder gehen. Einmal stand ich nach einer Stunde auf und erklärte der Lehrkraft, ich ginge jetzt nach Hause. Völlig überrascht, schaute er mich an.

„Warum gehen Sie jetzt schon?"

„Weil mir eiskalt ist", entgegnete ich.

Zum Schluss sollte es seine Prüfung geben, auch in Portugiesisch. Das würde ich schon schaffen, dachte ich und machte mich daran. Ich war sehr stolz, als ich diese mit einer „Zwei" bestand. Der erste Schritt war also getan! Aber was nun?

Ich überlegte, was ich gerne mache, was mich interessieren könnte und was sinnvoll wäre. Da kam mir mein Interesse an Sprachen in den Sinn. Ein Fernstudium in Handelsenglisch wäre eine Lösung, dachte ich.

Das ging ich nun an. Ich machte Recherchen im Internet und entschied mich bald für ein Institut in Deutschland. Man bekam Lektionen mit der Post geschickt, sollte die Aufgaben bearbeiten und sie teilweise per Post und teilweise per Computer zurückschicken. Das klang gut und machbar. Ich telefonierte und ließ mich beraten, entschied mich aber schnell dafür und es ging los.

Von meinen Kontakten in Deutschland hörte ich wieder: „Das hält ja eh keiner durch."

„Wir werden sehen", war meine Meinung dazu.

Anfangs lief das Ganze noch etwas holprig und ich telefonierte mehrfach mit der Lehrkraft, die Korrekturen waren einfach zu umfangreich und nicht immer verständlich. Doch das ließ sich klären.

Schließlich war der Ablauf wie auch die Vorgehensweise soweit klar, sodass ich mich auf den Stoff konzentrieren konnte.

Ich horchte in mich hinein. Ja, es war eine gute Entscheidung. Ich war beschäftigt und tat etwas Sinnvolles, so dass mir diese Lösung tatsächlich half.

Es war „etwas Eigenes", schon etwas, das man dann auch eventuell später verwenden konnte, so erschien es mir.

Jeden Tag verbrachte ich nun etwas Zeit am Computer oder las in den Heften, die mir zugesandt wurden. Der Stoff war interessant und ich machte mich daran, die jeweiligen Aufgaben Schritt für Schritt zu lösen und den Stoff zu lernen.

Ich konnte in unserem Büro im Erdgeschoß sitzen und kam mir wichtig vor. Die Aufgaben waren nicht immer einfach, aber mit etwas Geduld und Ausdauer schaffte ich es nach und nach. Wobei ich auch nicht mehrere Stunden am Stück daran arbeitete, aber immer ein bisschen. Das tat mir gut. Das Büro hatten wir beim Einzug mit Ordnern, Regalen und einem großen Schreibtisch ausgestattet. Hier konnte ich mich ausbreiten und in Ruhe lernen. Der Schreibtisch stand direkt am Fenster und ich konnte immer mal den Blick auf unsere hintere Terrasse mit den farbigen Bougainvilleas genießen.

Das Internet konnte mich unterstützen. War es doch zu der Zeit noch recht langsam, aber trotzdem schon hilfreich. Dies waren dann auch meine ersten Berührungen und Erfahrungen mit dem Internet. Es sollte auch einen Austausch der Studenten an dieser Fernuniversität über das Internet geben, aber das klappte wohl noch nicht richtig.

Das Internet half uns jetzt auch in anderen Bereichen. Für unsere Reisen gab es nun neue Möglichkeiten der Buchung. Wir konnten direkt bei Lufthansa buchen und schauten stolz die erstellten Reisepläne an. E-Mails schrieb ich jetzt auch ab und zu, die Kenntnisse aus dem Computerkurs ließen sich hier gut einsetzen.

Auch konnten wir nun Hotelzimmer direkt buchen und Informationen zu vielen Themen am PC recherchieren. Das war richtig spannend. Reisen war früher schon mein anderes Lieblingsthema gewesen, durch das Internet hatte ich nun Zugang zu vielen Informationen und Buchungsmöglichkeiten und war glücklich, digitale Fortschritte zu machen.

24. Mein Abenteuer in Mallorca im Herbst 2000

Zwischendurch war Richard oft mal geschäftlich unterwegs. Einmal sollte seine Reise sogar zwei Wochen dauern und ich beschloss, auch etwas für mich zu buchen. So lange alleine im Haus zu sein, behagte mir nicht. Außerdem waren wir immer mal alleine und auch getrennt unterwegs, das machte uns nichts aus. Und neugierig auf die Welt war ich ja immer. Ich überlegte. Mallorca kannte ich noch gar nicht und so buchte ich für mich an der Nordküste eine Woche Wellnessurlaub.

Der Flug war problemlos und ich landete auf einem riesigen Flughafen – fast so groß wie in Frankfurt, wie es schien. Nach einer längeren Fahrt mit dem Taxi erreichte ich mein Hotel - eine recht weitläufige Anlage mit mehreren flachen Gebäuden in der Nähe eines Naturschutzgebietes. Das sah sehr schön aus.

Mein Zimmer war hübsch, ebenerdig und mit einer kleinen Terrasse ausgestattet. Die kleinen Häuser in der Hotelanlage waren sowieso nur zweistöckig, stellte ich fest. Der Blick ging ins Grüne, was will man mehr.

Man konnte in der Anlage schön herumspazieren, stellte ich fest. Auf einem großen Grundstück gelegen, führten mehrere Wege durch verschiedene Gebäudeteile. Am Rand lag eine Tennisanlage und dahinter kam schon das Naturschutzgebiet in Sicht.

Ein festes Programm hatte ich mir vorgenommen. Massage und andere Anwendungen hatte ich vorher gebucht und freute mich nun auf die Entspannung.

Montags ging es los und ich lief erwartungsvoll zum Spa-Bereich. Leider war auch hier der Behandlungsraum ungeheizt, merkte ich schnell. Bei der Massage begann ich zu frieren. Das führte dazu, dass ich rasch ich eine Erkältung bekam. Das war etwas hinderlich. Mit der Kosmetikerin konnte ich mich gut unterhalten, dies war eine Deutsche, die hier schon ein Jahr lang arbeitete und viele Informationen über das Land parat hatte. Ich fand ihre Geschichten sehr interessant. Sie war hier hängengeblieben, hatte gut Spanisch gelernt und sich integriert. Dies gab mir das Gefühl, dass man im Ausland auch gut Fuß fassen kann, wenn man sich bemüht.

Trotz meiner Erkältung machte ich mit dem Bus Ausflüge und erkundete die Gegend. Schließlich war ich gekommen, um etwas anzuschauen. Strand gab es in der Nähe nicht, dafür aber auch weniger Tourismus in dieser Ecke der Insel. Kleine Städtchen waren mit dem Bus zu erreichen und ich bummelte durch das jeweilige Stadtzentrum und schaute mir alles an. Die nördlichsten Ecken der Insel konnte ich mit dem Bus erkunden und sah einige sehr schöne Fincas und Ansiedlungen. Die Landschaft war schön, etwas einsamer und hügelig.

Doch zurück zum nahegelegen Städtchen. Ich suchte eine Apotheke auf. Hier sprach man nur Spanisch, wurde mir schnell bewusst. Das machte aber nichts, ich konnte mit meinem Portugiesisch hier auch ganz gut klar kommen, da das hiesige Spanisch dem etwas ähnelte. Ich bekam Medizin für meine Erkältung und ruhte mich weiter aus.

In der Ferienanlage hatte ich Frühstück und Abendessen gebucht. Dies wurde in Buffetform gereicht, wie meist üblich. Die Schlacht an den Futtertrögen war aber nicht zu schlimm, da Ende Oktober nicht so viele Touristen in der Anlage waren. Die Qualität war gut, und so genoss ich es. Nach dem Abendessen konnte ich noch bequem durch die Anlage schlendern.

Schlafen konnte ich in meinem Zimmer auch gut, alles war recht ruhig, so dass ich die Anlage wirklich genießen konnte. Trotz der Erkältung gefiel mir die Woche gut. So verging die Zeit recht schnell und es sollte wieder zurückgehen.

Ich gelangte frühmorgens mit einer langen Taxifahrt wieder an den Flughafen. Kaum war ich ausgestiegen, nahm ich die Menschenansammlungen vor dem Gebäude wahr. Was war los? Ich betrat das Gebäude und sah: alles war dunkel. Es gab wohl einen Stromausfall. Keine Anzeigetafel in Betrieb, keine Schilder. Keiner konnte eingecheckt werden, kein Koffer konnte abgefertigt werden. Und jetzt? Spanisch konnte ich auch nicht besonders.

Ich wartete mit den anderen Gästen draußen. Nichts passierte. Dann ging ich in das Gebäude und schaute mich um. Kleine Gruppen von Menschen standen herum, aber jeder schien ratlos und unsicher. Weiter hinein konnte man kaum gelangen, da dort alles dunkel war.

Dies war eine Situation, wie ich sie noch nie erlebt hatte. Wieder kann ich sagen, wir gehen immer davon aus, dass alles gut funktioniert und sind dann völlig überrascht, wenn unvorhergesehene Dinge passieren. Aber wer rechnet schon mit einem Stromausfall am Flughafen mitten in Europa?

Als ich nach einiger Zeit vor dem Gebäude noch unschlüssig herumstand, hörte ich innen das Wort *conexión* - also Verbindung oder so ähnlich. Gab es etwa eine Durchsage? Ich ging in das Gebäude, und ja, tatsächlich, in einer Durchsage gab es einen längeren Text auf Spanisch zu hören. Ich verstand nichts. Hatte sich etwas geändert? Ich schaute nach oben: nein, die Elektronik funktionierte immer noch nicht. Es blieb weiter dunkel.

Ich lief einfach einer rennenden Frau hinterher. Vielleicht ließ sich ja etwas herausfinden? Tatsächlich, die Maschinen nach Madrid wurden abgefertigt, also für die Passagiere, die wohl eine Umsteigeverbindung in Madrid hatten, deshalb das Wort *conexión*. Soviel konnte ich mit Fragen herausfinden. Das traf auf mich zu. Meine Rückreise sollte über Madrid nach Porto gehen. Dann konnte ich ja dabei sein.

Schnell rannte ich weiter, fand sogar das richtige Gate und konnte tatsächlich einchecken. Das hieß, der Koffer wurde direkt am Gate verladen und wir warteten geduldig. Schließlich hieß es „einsteigen, bitte". „Was bin ich für ein Glückspilz", schoss es mir durch den Kopf. Ich lehnte mich in der Maschine zurück. In Madrid angekommen, suchte ich den Informationsschalter und fragte nach meiner Umsteigeverbindung.

Ich erfuhr, dass mein Anschlussflug nach Porto weg war und ich fragte nach dem nächsten. Dies war dann allerdings keine positive Nachricht mehr. Es sollte ganze 10 Stunden dauern, bis ich am Abend weiterfliegen konnte. Das durfte doch nicht wahr sein.

Da nun meine Erkältung schlimmer wurde, fragte ich nach Ausruhmöglichkeiten in Flughafen, aber nichts zeigte sich. Ich hätte in ein Hotel gehen können, aber das erschien mir zu teuer. Lounges oder Ruheräume wurden mir nicht angeboten. Ein Gutschein für ein Essen war alles, was ich erreichen konnte. Hatte doch alles so gut geklappt in Palma de Mallorca und jetzt saß ich hier fest. Interessant erschien mir der Flughafen auch nicht. Für einen Ausflug in die Stadt war ich zu kaputt. So habe ich die Zeit mehr schlecht als recht auf zwei Sitzen verbracht und war unglaublich froh, als ich dann wieder abends nach Porto gebracht wurde. Ich nahm ein Taxi in unseren Ort und war hundemüde.

Im Haus wieder angekommen, legte ich mich gleich hin. Was für eine Odyssee! Aber die Woche auf Mallorca, speziell im Norden der Insel, hatte mir gut gefallen.

Richard sollte am nächsten Tag wieder eintreffen. Offensichtlich hatte ich nicht alle Sicherungen wieder eingesteckt, so dass das Festnetz wohl nicht funktioniert hatte. Das stellte ich erst fest, als mein Mann am nächsten Tag ankam und nicht verstand, wieso sich keiner auf seine Anrufe gemeldet hatte. Was für ein Durcheinander.

Doch wir waren glücklich, dass jeder wieder gut gelandet war. Seine Reise war auch gut verlaufen und wir freuten wir uns, wieder zusammen zu sein und ich hatte das gute Gefühl, diese nicht ganz einfache Reise allein gut gemeistert zu haben.

25. Ein durch und durch verregneter zweiter Winter

So langsam wurde es wieder kühler, und ausnehmend viel Regen kennzeichnete diesen Herbst. Zu Hause war ich schon anfällig dafür gewesen, hier hatte ich jetzt aber leider öfter mit Nasennebenhöhlenentzündung zu tun. Das war nicht sehr angenehm.

Eines Tages wachte ich auf und dachte, jetzt brauche ich doch Medikamente. Es wäre also besser, einen Arzt aufzusuchen. Das war natürlich nicht so einfach, wie wir wussten. Ein Hausarztkonzept wie in Deutschland hatte man hier nicht, die Praxen der Ärzte befanden sich ja meist in den Kliniken.

Also fuhr ich wieder in die Klinik nach *Póvoa de Varzim*, den Ablauf kannte ich ja schon. Man meldete sich für die entsprechende Fachrichtung an und gelangte danach ins jeweilige Wartezimmer. Meistens musste man recht lange warten, speziell in der kalten Jahreszeit. Die Verständigung mit dem Arzt lief mittlerweile besser als anfangs, schnell wurde Antibiotika aufgeschrieben. Das hatte ich dann mehrmals im Winter und die Entzündung kam und ging immer wieder mal. Durch die ständige Feuchtigkeit gab es immer mal wieder Rückschläge. Dies war wohl dem kalten, nassen Wetter zuzuschreiben.

Wir hatten glücklicherweise eine Apotheke im Nachbarort, aber es gab auch sonst viele Apotheken. Diese waren jedoch immer alle voll. Das muss ich noch erzählen. Die Leute kaufen viel dort ein und sind es gewohnt, sich dort zu versorgen. Man steht immer Schlange und wartet manchmal richtig lange. Die meisten Leute kommen mit großen Tüten wieder heraus, da sie gleich mehrere Medikamente mitnehmen.

Nun, dies war die eine Konsequenz des vielen Regens, die andere war, dass es im Haus noch feuchter war als sonst. So mussten mehr Elektrogeräte (elektrische Entfeuchter und Heizgeräte) angeschlossen werden und die Sicherung flog öfter mal raus.

Draußen war es auch nicht so einfach, teilweise fassten die Straßen das Wasser nicht mehr. In manchen Landesteilen gab es sogar Überschwemmungen. Manchmal wurde selbst der Weg zum Auto spannend, da alles unter Wasser stand. Dadurch wurde das Leben nicht einfacher und die Stimmung sank.

Einmal habe ich noch eine kleine Reise in einen nahegelegenen Kurort im Landesinneren unternommen, um mal etwas anzuschauen. Das war eine willkommene Abwechslung und ich bekam wieder einen tiefen Eindruck eines kleinen Ortes in Mittelportugal.

Zu Weihnachten und Silvester besserte sich das Wetter leider nicht. Nach Deutschland wollten wir dieses Mal auch nicht. Wir hatten es gemütlich zu Hause, aber für Ausflüge war es definitiv zu nass.

So genossen wir wieder ein Weihnachten zu Hause und freuten uns an unserem großen Wohnzimmer. Am ersten Feiertag ging es diesmal zu den Österreichern. Es war ein netter und kurzweiliger Nachmittag und Abend, zumal auch etwas Musik gespielt wurde. Hier wurde immer sehr gut auf österreichische Weise gekocht und die leckersten Speisen aufgetischt.

An Silvester sollte es nun nach Porto gehen. Dies wäre sicher ein ganz andere Atmosphäre als in *Vila do Conde* und ich freute mich schon sehr darauf.

Das Hotel hatten wir etwas am Rand der Innenstadt gebucht. Es schien ganz nett zu sein, direkt im Stadtteil *Foz* mit Blick aufs Meer gelegen. Wir kamen an und waren zufrieden, parkten das Auto und machten uns mit dem Bus auf nach Porto Stadtmitte.

Es war schwierig, ein Lokal zum Essen zu finden, da alles reserviert war, aber schließlich fanden wir noch einen Platz und bestellten einen Braten. Das war wohl das einzige Gericht, das man ohne Vorbestellung bekam. Danach ging es erstmal zum Rathausplatz mit Blick zum Rathaus, um das Spektakel vor dieser besonderen Kulisse um Mitternacht zu genießen.

„Was ist das?" Richard war überrascht, „die Leute haben ja gar keine Feuerwerkskörper dabei!"

„Das veranstaltet hier nur die Stadt selbst", wusste ich zu berichten. Nachbarn hatten mir dies schon erzählt.

So ging alles sehr gesittet zu und wir konnten die Inszenierung der Stadtverwaltung in Ruhe genießen. Es war ein spektakuläres Erlebnis, das Feuerwerk so direkt am Rathaus zu erleben und dauerte auch ziemlich lange. Immer wieder gab es neue Facetten zu sehen und wir staunten nicht schlecht.

Schließlich machten wir uns auf, mit dem Bus zum Hotel zurückzufahren. Es goss wieder in Strömen, aber irgendwie sind wir angekommen. Schlimme Bauchschmerzen kündigten sich jetzt an und ließen uns leider in der Nacht beide nicht schlafen. Der Koch hatte wohl an den Braten jede Menge Knoblauch getan und nun bekam uns das gar nicht. In Zukunft würden wir wohl darauf achten. Mit heißen Umschlägen und viel Geduld überstanden wir die Nacht und genossen am nächsten Tag unser Frühstück im Hotel mit Blick aufs Meer.

Im Januar wurde das Wetter leider nicht besser und ich entschied, auch mal für zwei Wochen nach Deutschland zu verschwinden. Andere Frauen machten das ja ständig, also konnte ich das auch mal probieren, oder? Richard war einverstanden und ich buchte einen Flug für mich.

Mein Ausflug führte mich nach München, Garmisch und Frankfurt. Ich freute mich über die Abwechslung. In Garmisch war es kalt, aber eine trockene Kälte, das war besser. Ich schaute mir alles an und genoss es, mal wieder in Deutschland zu sein.

Ich blieb ein paar Tage dort und machte Spaziergänge in die Umgebung und den Ort. In München besuchte ich Freunde und in Frankfurt meine Eltern.

Zu meinem Geburtstag war ich aber wieder zurück. Es stand der 40. Geburtstag an und so lud ich ein paar Leute ein. Es sollte keine große Feier sein, aber in einem Lokal in der Nähe des Meeres in Porto zu feiern, erschien mir eine gute Idee zu sein. Wir trafen uns abends in einem kleinen Fischlokal. Es lag mit Blick aufs Meer an einer wenig befahrenen Straße und so fanden alle einen Parkplatz. „Man schwimmt hier fast ins Lokal", hörte ich. So sehr schüttete es.

Innen war die Stimmung jedoch gut und ich freute mich. Es war eine nette kleine Runde und ich erinnere mich gerne daran. Die Konversation war in Deutsch, Englisch und Portugiesisch abwechselnd.

Wenn ich so nachdenke, bin ich zufrieden, welche Kontakte wir aufgebaut hatten. Es waren Personen, die ich bzw. wir gerne sahen und mit denen man sich gut unterhalten konnte. Eine richtig enge Freundin habe ich nicht getroffen, aber interessante Persönlichkeiten, mit denen man gerne Zeit verbrachte. Nicht ganz viele Leute zu kennen sondern wenige gut, war neu für mich, aber sehr sinnvoll, merkte ich.

Da ich früher im Berufsleben immer wenig Zeit hatte, habe ich früher anders gedacht. Für neue Denkansätze ist es ja nie zu spät. Ich freute mich darüber, wieder etwas dazugelernt zu haben.

Um etwas Ablenkung im Winter zu haben, buchten wir ein oder zweimal einen Abend im Ballett oder ein Konzert in Porto. Doch zuerst zu unserem Theaterbesuch. Die Ballettaufführung fand in einem älteren Theater in der Innenstadt statt.

„Etwas düster wieder, die Atmosphäre", bemerkte ich, „und Garderobe ist nicht zu sehen, seltsam."

Es war schließlich Winter. Wir wunderten uns, dass keiner seine Mäntel abgeben wollte, also nahmen wir sie über den Arm mit hinein wie die anderen auch.

Wir merkten bald, wie kalt es im Zuschauerraum innen war. Natürlich gab es auch hier keine Heizung. Spätestens, als der Vorhang hochging, wehte eine Eiseskälte direkt zu uns her und wir zogen schnell die Mäntel wieder an. Jetzt verstanden wir die anderen. Mir taten die Tänzerinnen und Tänzer leid, die bei solch eisiger Kälte tätig sein mussten.

Es gab „Nussknacker" und die Musik kam von der Platte. Manchmal rauschte es etwas und einmal gab es sogar eine kleine

Unterbrechung. Aber es hat mir gut gefallen und war einfach mal etwas anderes. Wir haben das Theaterhaus von innen gesehen, das war spannend. Auch der Eintritt war nicht teuer.

Ein Konzert erlebten wir in einem kleineren Saal in *Póvoa de Varzim* mit einem lokalen Orchester. Auch hier war es nicht wie zu Hause, jeder redete wild durcheinander, vor allem viele Kinder, aber es hat uns Spaß gemacht. Auch hier zählte die Abwechslung.

Es wurde Februar und das Wetter wurde nicht besser. In manchen Landesteilen waren sogar teilweise die Straße oder auch Brücken weggebrochen.

Der Postbote, der jeden Tag mit seinem Mofa vorbeifuhr, sagte: „Ich mache das jetzt schon sehr lange, aber solch einen Winter habe ich in 20 Jahren nicht erlebt."

Obwohl auch die Idee, eine Vespa für Richard anzuschaffen, wirklich effektiv und praktisch war, machte dieser extreme Winter uns manchmal einen Strich durch die Rechnung und ich musste ihn wieder morgens hinfahren und abends abholen. Man wurde auf der Vespa einfach zu nass. Es wurde sogar so schlimm, dass ich mir Gummistiefel kaufte, um trocknen Fußes zum Auto zu gelangen, bzw. zu waten.

Eines Abends gingen wir zum Essen aus. Eigentlich war dies nichts Besonderes. Aber ich aß rohen Schinken und hatte plötzlich einfach Pech: eine provisorische Zahnbrücke fiel heraus und leider, ja, ein Loch war zu sehen. Es musste gehandelt werden, das war klar. Obwohl ich schon ein- oder zweimal in Portugal beim Zahnarzt gewesen war, erschien mir diese Option nicht zuverlässig. Es wurde einfach kaum mit Zahnersatz gearbeitet.

Daher rief ich meinen Zahnarzt in München an und wir vereinbarten etwas Ungewöhnliches auf die Schnelle: Ich würde am Sonntag hinfliegen. Am Montag würde der erste Termin bei ihm für einen Abdruck sein und Donnerstag konnte die fertige Brücke anprobiert werden. Freitag würde ich wieder zurückfliegen. Also flott wieder nach München? Hatte ich eine Alternative? Ein gutes Zahntechnikerlabor ist viel wert, erkannte ich jetzt. Also machte ich mich auf, packte und so ging es mal wieder zum Flughafen.

In München angekommen, fuhr ich mit der S-Bahn ins Stadtzentrum. Das gebuchte Zimmer in der Pension in der Nähe der Theresienwiese war einfach, aber zentral gelegen. Ich machte es mir so gut wie möglich bequem. Dafür war der Frühstücksraum richtig schön bayerisch und sehr gemütlich.

Die Zahnarzttermine klappten gut und auch die Anprobe der Zahnbrücke. Der Zahnarzt war froh und ich auch. Das Labor hatte gut gearbeitet. Ich flog zufrieden wieder zurück.

Als ich erst kurz wieder zurückgekommen war, bemerkte ich neue Probleme: eine Verschlechterung der Lärmkulisse nebenan zeichnete sich ab. Gab es am Anfang nur einen Chow-Chow, wurde jetzt ein zweiter Hund von den Nachbarn angeschafft, und dann sogar noch ein kleiner Mischlingshund! Daher gab es richtig viel Krach und die Hunde vertrugen sich nicht besonders. Doch wozu so viele Tiere, wenn sich niemand um sie kümmert? Sie hatten einen jüngeren Sohn, vielleicht war das alles für ihn gedacht. Ach ja, und eine Katze gab es dann zusätzlich auch noch.

Da ja die Hunde in Portugal nicht ausgeführt werden, sondern nur im Hof leben, sind sie nicht ausgelastet und recht aktiv. Speziell der kleine Mischlingshund sorgte nachts für Aufregung. So in den Hof oder den kleinen Garten eingesperrt zu sein, gefiel ihm gar nicht, und so versuchte er mehrmals, mit lautem Gebell oder auch mit Gewinsel in der Nacht, die Mauer nach draußen oder in unseren Garten zu erklimmen. Direkt unter unserem Schlafzimmer gelegen, führte das oftmals zu recht unruhigen Nächten. Meistens dauerte es sehr lange, bis der Besitzer mal einschritt. Wir stellten fest, dass die Schwelle, Lärm zu ertragen, bei den meisten Bewohnern um uns herum eine deutlich andere war als bei uns. Aber damit mussten wir klarkommen.

Auf unserer hinteren Terrasse veränderte sich das Umfeld leider ebenfalls. Wir hatten hier alles schön hergerichtet, mit unseren Liegestühlen und Kübelpflanzen.

Durch den Einzug einer Familie schräg gegenüber entstand ein teilweise unerträglicher Lärmpegel. Zwei Kinder spielten laut in deren Innenhof und die Mutter brüllte ihnen ständig etwas hinterher, so dass man kaum noch in unserem Hof in Ruhe sitzen konnte. Schade!

Daher hielt ich mich mehr vorne auf oder auch im Büro. Ich war froh, das Englischstudium weiter betreiben zu können. Das war eine gute Ablenkung und machte Spaß. Zumal ich mir die Zeit selbst einteilen konnte. Daneben erledigte ich die anderen Dinge im Haushalt und auch andere dringende Angelegenheiten, für die Richard keine Zeit hatte.

Als nächstes stand der TÜV für das Auto an. Allein wäre ich der Sache sicher nicht gewachsen gewesen, aber zum Glück hatten wir ja den Nachbarn. Er wusste, wo man da hinzufahren hatte. So fuhren wir zusammen hin, und er übernahm das Reden, bzw. den Small Talk und so nebenbei wurde dann das Auto geprüft und bekam eine gültige Plakette.

Dies waren immer wieder Gelegenheiten, bei denen ich merkte, dass ich mit meiner deutschen Art hier nie so erfolgreich gewesen wäre wie mein Nachbar. Wir sind eben sehr direkt und kommen gleich auf den Punkt. Das ist hier ganz anders. Man baut erstmal eine Beziehung zum Gesprächspartner auf, mit vielen Vorreden gespickt, erkundigt sich nach der Familie, erzählt selbst ganz viel, und kommt dann zum eigentlichen Anliegen.

Manchmal hatte ich auch Komplikationen mit dem Wasseramt oder mit der Stromrechnung zu klären, da war es sehr hilfreich, dass Paolo in seiner portugiesischen Art dies für mich übernahm und man dadurch das Gewünschte geklärt bekam. Wenn alles ohne Probleme möglich war, ging ich jedoch selbst hin. Meistens bezahlte man ja in bar und bekam eine Quittung. Dafür benötigte man nicht allzu viele Sprachkenntnisse. Die altertümlichen Büros in der Stadtmitte von *Vila do Conde* fand ich jedes Mal recht antik, aber das Alltagsleben der Leute zu studieren, war immer wieder interessant.

Wir kämpften uns durch manche Tücken der hiesigen Bürokratie, und als die ersten Handyverträge aufkamen, wollte ich dies auch. Richard nahm sich Zeit und wir gingen zusammen in den Handyladen. Dazu musste man über viele Vokabeln verfügen, um mit der Mitarbeiterin gemeinsam den Handyvertrag auszufüllen. Da ich aber der Meinung war, dass ein Handy für mich im Notfall sehr wichtig sein könnte, wurde dies erforderlich. Ich dachte mir, dass ich so immer jemand anrufen könnte, der Deutsch kann, um eventuelle

Probleme zu klären. Wir kämpften uns durch die Fragen und waren glücklich, als es dann tatsächlich klappte.

Ich war stolz, die Alltagsdinge regeln zu können und nicht davor geflüchtet zu sein wie manch andere Frauen von Richards Kollegen. Mit viel Geduld und Hilfe kam ich meist zurecht. Und Zeit hatte ich ja.

26. Reise nach Andalusien

Nach diesem schrecklichen Winter hatten wir natürlich dringend das Bedürfnis, in die Wärme zu gelangen.

Also planten wir eine Reise nach Andalusien. Es ging zuerst nach *Beja*, einer der wärmsten Städte Portugals. Hier war es kurz vor Ostern schon ganz angenehm warm. Wir wohnten in einem *Vila Gale Hotel* zwei Tage lang und genossen die schöne Landschaft des *Alentejo* mit seinen Olivenbäumen und Korkeichen.

Weiter ging die Fahrt durch Olivenhaine nach Sevilla in Spanien.

Wir kamen an einem Sonntagnachmittag in der Stadt an und bezogen ein Zimmer in einer kleinen Pension mitten in der Innenstadt. Wir ruhten uns etwas aus und zogen später los, die Stadt zu erkunden. Hier sollten wir ganz besondere Eindrücke bekommen.

Uns kamen plötzlich seltsame Gestalten entgegen. Sie hatten Umhänge an und spitze Hüte auf. Das sah aus wie Mitglieder einer Sekte oder so etwas. Wir fragten bei Passanten nach und verstanden, dass es sich hier um die Mitglieder der Prozessionen der *Semana Santa* handelt. Im Hotel erklärte man uns noch genauer, um was es sich handelt und dass es eine Woche dauert. Da gab es ja dann viel zu sehen für uns!

Wir erstanden einen sogenannten Prozessionskalender für die gesamte Vorosterwoche. Hier konnte man ersehen, dass verschiedene Kirchengemeinden Prozessionen veranstalteten. Auf dem Kalender für diese Woche konnte man die Route ersehen, die sie laufen würden. Manche Prozessionen gingen bis in die Morgenstunden. Die Mitglieder der Kirchengemeinde trugen farblich abgestimmte Kostüme, jede Gemeinde in anderen Farben. Sie liefen ganz langsam über mehrere Stunden durch die Stadt, manche auch barfuß, manche trugen ein Kreuz, manche eine Lampe. Dann wurde ein Thron mit verschiedenen Statuen aus der jeweiligen Kirche durch die Stadt getragen. Musikanten spielten dazu düstere, ernste Musik. Weihrauch spielt auch eine Rolle. Wo waren wir da zufällig hineingeraten? Wir wohnten mittendrin und sind tatsächlich jeden Abend drei Tage lang mit viel Interesse zu den verschiedenen Plätzen gelaufen und haben uns die farbenprächtigen Umzüge angesehen.

An diesen Tagen war fast die ganze Stadt unterwegs plus mehrere 100.000 Gäste. Uns ist aufgefallen, dass alle sehr elegant angezogen waren. Die Männer trugen Anzug und Krawatte, die Frauen schicke Kleider und Kostüme. Wir waren ganz klar unpassend gekleidet, dies ist uns vorher in Portugal nicht passiert.

Uns wurde klar, speziell zur *Semana Santa* zeigt sich der stolze Spanier in seinem besten Outfit. Was für ein Unterschied zu unserem Dorf in Portugal! So gingen wir auch gleich Montag los und kauften uns etwas Eleganteres. Da fühlte ich mich gleich wohler am nächsten Abend!

Es war fantastisch und bewegend anzusehen und wir werden diese eindrucksvollen Erinnerungen nie vergessen. Die ganze Stadt feierte, begleitet von mystischer, etwas düsterer Musik, aber es wurde wenig Alkohol getrunken und viele junge Leute waren ebenfalls dabei.

Zwischendurch saß man immer wieder in kleineren Bars und aß Tapas, einfach unbeschreiblich.

Am nächsten Tag mussten wir uns um unser Frühstück selbst kümmern, da dies in unserer Pension nicht angeboten wurde.

189

Morgens sind die Spanier müde und noch bisschen brummig. Man isst meist Sandwichs und trinkt Kaffee, aber so richtig viel frühstückt der Spanier nicht. Wir suchten ein Café in der Nähe und nach langem Warten gelang es uns, etwas zu bestellen. Frühstück in Andalusien zu bekommen, ist nicht einfach, merkten wir.

In Granada, unserem nächsten Aufenthalt, haben wir auch noch Prozessionen gesehen, aber nicht so groß und interessant wie in Sevilla. Wir wohnten in einem antiken Gebäude und konnten auch in dieser kleineren Universitätsstadt wieder die Spanier im Alltag studieren. Wir gingen abends in Bars und konnten auch manchmal auf Portugiesisch etwas mit ihnen sprechen. Das Spanisch, das dort gesprochen wurde, verstanden wir hingegen sehr wenig, muss ich sagen. Die Bewohner in Andalusien insgesamt erschienen uns deutlich offener, heiterer und stolzer als die Portugiesen. Es war sehr aufschlussreich für uns, die Unterschiede zwischen Spaniern und Portugiesen im Alltag näher zu beobachten

Auch der *Alhambra* haben wir natürlich einen Besuch abgestattet, dies ist unbedingt sehenswert und wunderschön. Danach fuhren wir noch nach Cordoba mit seinen reizvollen Patios und weiter in die Nähe von Ronda.

Hier wohnten wir in einer kleinen Pension mit drei Zimmern, die von einem Engländer geführt wurde. Die kleine Herberge lag außerhalb im Grünen. Es herrschte eine familiäre Atmosphäre und wir haben uns sehr wohl gefühlt. Hier konnten wir abends mit anderen Gästen mal in Englisch plaudern, das war angenehm.

Insgesamt war dies eine sehr interessante Reise und wir lernten die spanische Kultur wie auch die Leute in Andalusien näher kennen.

Für uns erschien der Spanier hier stolzer, eigenwilliger und aufrechter im Gegensatz zum doch eher schüchternen, manchmal fast ängstlichen Portugiesen.

Wieder zurück in Portugal, möchte ich noch unsere Beobachtung zur portugiesischen Mentalität beschreiben. Wir waren ja nun schon einige Zeit im Lande und hatten ja auch den Vergleich zu den Spaniern erlebt.

Ein portugiesisches Wort *fechado* („geschlossen") beschreibt, denke ich, die Natur des Nordportugiesen recht gut, er ist eher etwas introvertiert, vorsichtig und zurückgezogen. Man hatte den Eindruck, sie sind schüchtern. Dies konnte man im Alltagsleben oft feststellen. Gewundert hat mich anfangs, dass oft auf meine Fragen die Antwort hieß: *„não sei"* (ich weiß nicht). Das schien einfach und man musste sich nicht mit dem Anliegen des Fragenden auseinandersetzen. Ich denke, diese Verhaltensweise ist in früheren Jahren entstanden, wo man sich daran gewöhnt hatte, nicht zu viel von sich preiszugeben. Für uns war das manchmal seltsam, da wir offener sind und eher gewohnt sind, auf Menschen zuzugehen. Aber wenn man weiß, wo es herkommt, kann man es besser verstehen und akzeptieren.

Wobei ich aber auch betonen will, dass man nie gegen Deutsche irgendwelche Vorbehalte hatte. In den Augen der Portugiesen schien dies eine positive Nation zu sein. Es gab damals noch engere Handelsbeziehungen zu Deutschland und somit einige Produktionsstätten für deutsche Firmen in Portugal. In ganz Nordportugal lebten Deutsche zu dieser Zeit und auch in unserem Dorf gab es vereinzelt deutsche Residenten. Im Sommer kamen dann auch manchmal deutsche Touristen dazu, so dass wir in den kleinen Lebensmittelläden längst bekannt waren und man immer gut miteinander auskam, möchte ich hinzufügen.

Es war einfach die Tatsache, dass es mühsam war, mir zuzuhören und ich auch nicht so schnell eigene Sätze als Antwort bilden konnte. Das war man vor Ort nicht so gewöhnt und es gab ja trotzdem generell wenig Ausländer zu der Zeit, so dass speziell die Dorfbewohner immer wieder etwas missmutig reagierten, wenn ich mein Anliegen etwas holprig vorbrachte. Aber alles in allem kämpfte ich mich durch und war immer wieder stolz auf das Erreichte!

27. Die Deutschlehrerin

Eines Samstags im Sommer klingelte das Telefon und der Besitzer einer Sprachschule in *Póvoa de Varzim* war am Apparat. Im Kopf kombinierte ich schnell: ich hatte mich dort sicher für Übersetzungen beworben. Er fragte mich jedoch: „Wollen Sie Deutsch unterrichten?"

Ich? Ich war völlig überrascht und perplex.

Er fragte „Sie sind doch Deutsche?"

„Ja", versicherte ich, „das schon, aber ich habe noch nie unterrichtet."

„Das macht nichts", meinte er und so forderte er mich auf, nächste Woche mal vorbeizukommen.

Die Sprachschule war in einem einfachen, alten Gebäude in der Innenstadt von *Póvoa de Varzim* untergebracht. Einen Parkplatz zu finden war gar nicht so einfach, schließlich lang das Haus in der Fußgängerzone. Aber es klappte schnell und ich stieg etwas beklommen die Stufen hoch in den 1. Stock und klopfte.

Der Leiter forderte mich auf, einzutreten und erklärte mir:

„Ich habe eine Gruppe Portugiesen, die Deutsch lernen wollen".

Er redete kurz mit mir und gab mir das entsprechende Buch in die Hand und sagte: „Sie machen das schon."

Erst war ich bisschen unschlüssig, wurde ja quasi ins kalte Wasser hineingeworfen und war unsicher, ob ich das wagen sollte. Für den Leiter der Sprachschule war das keine Frage, sondern eine Tatsache, dass ich das machen würde.

Nun gut, dann also los. Ich legte los und fand schnell heraus, dass es, wenn auch nicht toll, irgendwie klappte. Wir hatten ja privat selbst schon viel Unterricht mit verschiedenen Lehrerinnen gehabt und somit auch viel Erfahrung in der Methodik gesammelt. Ich wusste daher, was gut läuft und was nicht so toll ist aus Sicht des Lernenden.

So etablierte ich eine Vorgehensweise im Unterricht für mich, mit der ich zufrieden war und konnte den Unterricht durchführen. Hilfreich war sicher auch, dass ich wusste, wie schwer Portugiesisch für uns zu lernen ist, genauso wie Deutsch für die Portugiesen. Einmal die Woche war der Unterricht zu absolvieren, das war nicht zu viel. Die Bezahlung war mehr als mager, aber ich fühlte, dies war eine schöne zusätzliche Aufgabe für mich.

Damit aber nicht genug. Ich wurde wieder bestellt und der Schulleiter hatte einen weiteren Auftrag für mich: Unterricht in Englisch an einer Schule! Das war ja nun eine ganz andere Nummer. Aber ablehnen ging ja wohl nicht.

So hatte ich die Ehre, eine 5. Klasse zu unterrichten, was mir zunächst ganz schön Respekt einflößte. Würde ich mit einer großen Gruppe 11-12-jähriger Schüler zurechtkommen? Ich fuhr ins Nachbardorf. Parken war hier kein Problem. Das alte Schulgebäude war wieder gänzlich ungeheizt. Die Kinder froren wohl, wie es schien. So versuchte ich, die Kinder mit etwas Bewegung und Sitzen im Wechsel zu unterhalten. Da die Kinder dem Lehrer eher zuhörten als bei uns, und in ihm auch eher noch eine Respektsperson sahen, war der Auftrag nicht zu schwierig. Es sollte auch einmal pro Woche sein und ich versuchte mein Bestes. Dies waren meine ersten Gehversuche als Lehrerin.

„In Deutschland hätte ich sicher mehr Schwierigkeiten gehabt", stellte ich fest, „dort hätte man mich nicht so leicht akzeptiert."

„Du hast ja viel Anschauungsunterricht von den Sprachlehrerinnen erhalten", entgegnete Richard, „das wird schon klappen".

So vergingen die Wochen. Auf dem Schulhof hat mich dann
allerdings eines Tages eine Mutter beiseite genommen und wollte
wissen: „Sind Sie Engländerin?"

Sie war sehr erstaunt, als ich zugab, Deutsche zu sein. Das war
wohl nicht unbedingt erwünscht.

Gegen Ende des Jahres sollte dann auch erst mal Schluss sein mit
beiden Kursen und ich war ganz froh darüber. Es war schon eine
große Verantwortung. Zudem hatte ich immer mal eine
Nebenhöhlenentzündung und fühlte mich nicht immer fit.

Ich werde jedoch die Atmosphäre in dem eiskalten Schulgebäude
nie vergessen. Das fiel mir manchmal später noch ein, als ich längst
wieder zurück in Deutschland war, wo für uns Heizung als ganz
selbstverständlich gilt.

28. Reise auf die Azoren

Im Reiseführer hatte ich gelesen, dass die Azoren eine sehr interessante Inselgruppe im Atlantik mit ganz viel Natur sein sollen.

Das klang gut. Da wollten wir jetzt mal hin. Neun Inseln standen zur Auswahl. Drei davon sollten es jetzt werden. So buchten wir im Herbst einen Flug und nette, kleine Pensionen mit nur ein paar Zimmern.

Der Flug ging ab Porto mit SATA. Erwartungsvoll fuhren wir zum Flughafen. Die Maschine ging pünktlich und wir nahmen Platz. Ich drehte mich um. Alle Plätze waren nicht besetzt, welch ein Glück! So konnten wir uns etwas ausbreiten. Der Service war nicht besonders, fanden wir. Aber macht nichts, dachten wir, mal sehen, wie es vor Ort ist.

Pünktlich gelandet, ging es mit dem Mietauto zur ersten Quinta auf der Hauptinsel *São Miguel*. Es gab so viel zu entdecken, stellten wir die nächsten Tage fest. Mit dem Mietauto fuhren wir die besten Sehenswürdigkeiten auf der Insel ab.

„Fantastische Natur" so war unser beider Urteil. Richtig schöne Wanderwege hatte man hier angelegt, so dass vieles zu Fuß besichtigt und angeschaut werden konnte. Ganz verschiedenartige Landschaften wechselten einander ab, die Eindrücke waren schlichtweg atemberaubend.

Nach ein paar Tagen ging es weiter auf die nächste Insel, Santa Maria, diesmal mit dem Schiff. Mir war etwas mulmig, so mitten im Atlantik entlangzuschippern. Aber die See war nicht zu rau und die vier Stunden Fahrzeit vergingen schnell.

Hier angekommen, ließen wir uns zu einem Apartmenthotel direkt an einem Strand gelegen, fahren. Oh, welche Überraschung, hier gab es nichts, keinen Laden, nur ein kleines Lokal mit eher schlechtem Essen! Also musste auch hier ein Mietwagen her. Das klappte schnell und wir konnten wieder die Insel erkunden.

„Traumhafte Natur", urteilte ich.

„Ja, wie in der Karibik, aber noch in Europa", fügte der Hotelbesitzer hinzu.

Ja sicher, bei dieser Artenvielfalt war man einfach überwältigt. Wir behielten die Insel als wirklich grünen Flecken in Erinnerung und machten uns auf, die dritte Insel zu erkunden, *Faial*. Mit dem Flugzeug ging es weiter.

Dies sollte die Insel für Segler sein, lernten wir. Dort machten viele halt und versorgten sich dort, so schien es. Nach einer Zwischenlandung auf *Terceira* landeten wir wohlbehalten auf *Faial* und nahmen wieder einen Mietwagen. Ein Apartment wartete auf uns, dies war gut und zentral gelegen. Von hier aus konnten wir uns prima in dem Städtchen bewegen.

Am Abend suchten wir die weltbekannte Seglerbar auf (der Reiseführer hatte einen Besuch hier dringend empfohlen) und schauten uns die vielen Reisesprüche an, die an der Wand verewigt waren. Extrem interessante Atmosphäre!

Zu Fuß konnte man hier auch wieder einiges in der nahen Landschaft erkunden und wir folgten den ausgeschilderten Wanderwegen.

Diese Tage sind uns durch häufige, teilweise starke Regengüsse in Erinnerung geblieben. Obwohl wir versucht hatten, uns wetterfest anzuziehen, waren wir in Windeseile ziemlich durchnässt. Einmal hat uns sogar ein Autofahrer mitgenommen. Wir sind einfach am Straßenrand entlang gewandert. Er hielt unvermittelt an und fragte: „Kann ich Sie mitnehmen, es regnet ja so stark?"

Das ließen wir uns nicht zweimal sagen und nahmen gerne an. So kamen wir schnell wieder zurück zum Apartment.

Die Urlaubstage vergingen schnell und der Rückflug nahte.

Was hatten wir alles erlebt? Außergewöhnliche Natursehenswürdigkeiten, liebevoll angelegte Wanderwege, wieder stilvolle kleine Pensionen und unbeständiges Wetter, mal Sonne, mal starken Regen. Alles in allem, unser Fazit: ein wunderschönes Naturreiseziel, ohne Hotelbunker und Massentourismus.

Wir würden definitiv wiederkommen.

29. Erste Überlegungen zur Rückkehr im Herbst 2001

Nach dem außergewöhnlichen und sehr nassen Winter reifte im Herbst des Jahres 2001 die Überlegung, nicht noch einen Winter in Portugal zu erleben. „Es ist zwar schade", dachte ich, und „fühlt sich vielleicht irgendwie etwas wie Aufgeben vor der Zeit an", aber die Aussicht auf noch einen Winter dieser Art in Portugal erschien mir doch zu düster. Ich hatte zwar jetzt eine Tätigkeit und das Fernstudium, aber durch das feuchte, kalte Klima wurde ich auch immer wieder krank.

Es könnte ja auch wieder mehr Chancen für mich in München geben, dachte ich. Eventuell könnte ich die erworbenen Kenntnisse und Erfahrungen des Unterrichtens weiter fortführen, mal sehen. Wenn man mal ganz ehrlich ist, muss man auch zugeben, dass wir nicht allzu tiefe Kontakte zu den Einheimischen geknüpft haben. Eher zu den Österreichern und anderen Deutschen. Nun, die konnten wir ja auch in Deutschland oder Österreich später wieder treffen.

Steuern konnten wir die Rückkehr nach Deutschland natürlich nur durch Richards Tätigkeit. Es musste ein Chef in München gefunden werden, der ihn in seine Abteilung wieder zurücknehmen würde, wenn möglich, so dachten wir, gegen Ende des Jahres. Zum Glück hatte er ja nie den Kontakt nach München zu den Kollegen ganz verloren, aber dieses Anliegen bedingte nun größere Anstrengungen.

Überraschenderweise gelang es relativ schnell und bald stand fest: Ende des Jahres würden wir Portugal nun wieder verlassen!

Einerseits waren wir hin- und hergerissen, ob dies die richtige Entscheidung sei, aber nach diesen zwei doch sehr schwierigen Wintern erschien die Lösung gut.

Ich war noch beschäftigt mit meinem Fernstudium und dem Unterrichten.

Als der Herbst einsetzte, bekam ich wieder oft Nebenhöhlenentzündungen, wie auch in den Jahren zuvor, und ich freute mich schon, doch mal wieder aus diesem feuchten Klima herauskommen zu können. Immer wieder Antibiotika zu nehmen, erschien mir auch nicht gut für den Körper. Das Immunsystem war wohl doch nicht so robust, wie ich dachte.

Jetzt stand also bald der nächste Schritt an. Wieder München. Eine Wohnung vom Ausland aus zu suchen, war fast unmöglich, ergaben meine Recherchen im Internet. Das haben wir dann auch schnell verstanden und ich bemühte mich um ein „Wohnen auf Zeit". Ich fand eine passende Agentur. Wir stellten uns schriftlich vor und bewarben uns um eine möblierte Wohnung mitten in München.

Nach einigem Abwarten bekamen wir eine Zusage und sollten in den ersten Januartagen einziehen. Es handelte sich um eine Zwei-Zimmer-Wohnung im Osten Münchens, in der Nähe einer befahrenen Straße, aber mit dem Schlafzimmer nach hinten. So sollten wir am Eingang einen kleinen Flur haben, eine Küche nach vorne hinaus und ein Wohnzimmer sowie ein Schlafzimmer nach hinten. Es gab Platz im Schlafzimmer für den PC. Da könnte ich dann arbeiten. Wir könnten diese Wohnung monatlich verlängern oder auch kündigen.

Das klang alles nicht schlecht. Ich hatte vor, mich gleich wieder zu bewerben. Am liebsten hätte ich gerne einen Halbtagsjob und in der verbleibenden Zeit Jobs zum Unterrichten. Dann könnte ich meine Fähigkeiten als Lehrkraft weiter verbessern und ausbauen.

Das war ja jetzt wieder eine ganz schnelle Veränderung in unserem Leben. Einerseits war ich traurig, die schönen Momente am Meer nicht mehr genießen zu können, andererseits freute ich mich auf neue berufliche Möglichkeiten.

30. Abschied von Portugal

Zuerst musste dann wieder der Umzug geplant werden, mit Umzugslisten, Inventarlisten und Planung mit den Speditionsfirmen. Das war meist alles meine Aufgabe, ich hatte ja mehr Zeit. Zudem hatte ich jetzt auch schon etwas Übung darin.

Der Umzug selbst im Dezember war dann allerdings nicht sehr angenehm, da ich regelrecht im Kalten stand und über viele Stunden hinweg ständig fror, während die Männer von der Spedition das Haus ausräumten und ich in den immer leerer werdenden Räumen stand.

Die letzten Tage verbrachten wir im Hotel und feierten unseren Abschied im kleinen Lokal *Bijou* im Ort. Das war eine nette Atmosphäre und diese Feier ist uns sehr positiv in Erinnerung geblieben. Der Wirt, der uns ja lange kannte, schenkte uns noch eine Flasche Portwein, Jahrgang 1980, die wir später noch lange in Ehren gehalten haben.

Nun kamen Gedanken hoch: War die verfrühte Abreise richtig? Was würde mich erwarten? Die Jobsuche würde zwar in meinem Heimatland einfacher werden, aber eine Neuorientierung würde es auch wieder bedeuten. Später wurden wir immer wieder gefragt, wie es war. „Lebt man nicht im Süden Europas quasi unter der Palme?"

Bei solch vielschichtigen Erlebnissen und Eindrücken lässt sich das sicher nicht in ein oder zwei Sätzen beantworten, aber meine Antwort ist auch heute noch die gleiche wie damals.

„Jedes Land hat seine Vor- und Nachteile, das ist in Deutschland so wie auch in Portugal. Ich freue mich sehr, dass wir es gewagt haben, dort zu leben und bin froh und dankbar über die vielen Eindrücke, die wir gewonnen haben."

Manches haben wir durch eine andere Brille betrachtet, als wir nach Deutschland zurückkamen und die Erfahrung, fremd zu sein in einem Land, ist schon eindrucksvoll, kann ich sagen.

Und obwohl Portugal ein Teil Europas ist, sind die Lebensgewohnheiten und Gebräuche doch anders als in Deutschland. Aber das wäre auch der Fall gewesen, wenn wir nach Finnland oder Schweden gegangen wären.

Es stellte definitiv eine Bereicherung für unser Leben dar, hat neue Sichtweisen kreiert und wird nie vergessen werden.

31. Reise nach Deutschland zurück

Wir traten die Reise nach Deutschland im mittlerweile etwas älteren BMW an. Es sollte ja wieder über die Pyrenäen nach Frankreich gehen, ohne Winterreifen. Denn der Versuch, Winterreifen zu ergattern, war trotz mehrfacher Anläufe gescheitert. Aber wir hofften, dass es irgendwie klappen würde.

Die letzten Kisten und unsere zahlreichen Taschen mit dem „Notwendigsten" waren eingeladen und nun fuhren wir tatsächlich los. Es ging nach Frankreich und wir kamen gut über die Berge, auch mit unseren Sommerreifen. Es war inzwischen bitterkalt geworden, fast minus 10 Grad, und eine ganz schöne Umstellung gegenüber Portugal. Am Meer wurde es ja nie ganz kalt.

Wir landeten in einem kleinen Ort in der Nähe des Städtchens Dax und haben ein kleines Mini-Apartment gemietet, damit unsere vielen Taschen dort Platz hatten. „Schließlich kann man sie ja nicht im Auto lassen", meinte ich. Das sah mein Mann anders, aber ich hatte erstmal gewonnen und alles musste hineingeschleppt werden. Wir gingen spazieren, aber lange hielt man es bei der Eiseskälte nicht aus.

In der Nähe gab es ein Schwimmbad mit Außenbecken, also legten wir uns in das warme Wasser.

Abends gingen wir schön essen. Hier gab es das gleiche Bild wie in Portugal: Der Rotwein wurde erstmal vor dem Gasofen gewärmt und der Raum hatte somit eine gewisse Grundwärme. Wir fühlten uns wie zu Hause.

Leider war mir das Bad im Außenbecken nicht so gut bekommen und ich bekam mal wieder meine Nebenhöhlenentzündung. Das war natürlich hinderlich, zumal wir am nächsten Tag doch eine größere

Strecke zu fahren hatten. Aber irgendwie überstand ich es und wir bezogen unser nächstes Quartier in Nordfrankreich. Dies war nun schon der 23. Dezember.

Wir wollten eigentlich bis 25.12. bleiben und dann zu Richards Eltern in der Nähe von Köln weiterfahren. Man erklärte uns aber gleich, es sei jetzt alles geschlossen, auch die Restaurants und wir hatten deutlich das Gefühl, „nicht willkommen zu sein." Dies artikulierte der Hotelier dann auch.

„Haben Sie keine Familie, zu der Sie fahren können?" Klar, wir verstanden, und so fuhren wir, am 24.12. in Richards Heimat. Es war eine lange Fahrt, wir kamen spät an, waren aber froh, jetzt mal eine Pause vom Fahren zu haben.

Drei Tage später fuhren wir dann in unsere „neue, alte Heimat München". Ich hatte hier wieder ein Mini-Apartment in einem Boardinghouse gebucht, welches ich schon von früher kannte. Das Zimmer war ok, ein bisschen klein, aber gut möbliert.

Jetzt waren wir wieder in der früheren Heimat München angekommen. Ich ahnte schon, dass auch diesmal der Neuanfang nicht gerade einfach sein würde, aber es lag ja nun auch wieder viel Positives und Altbekanntes vor uns, das es zu genießen galt.

Entscheidend war aber, dass ich neue Arbeitsmöglichkeiten für mich entdecken wollte und daher auch nicht an eine Rückkehr ins Bankwesen dachte. Ich könnte im Bereich Sprachen, Unterrichten, Übersetzen aber vielleicht auch Tourismus tätig sein und dies motivierte mich, die wieder vielfältigen Jobangebote in Deutschland hurtig anzugehen und mein Glück zu versuchen. Ein bisschen trauerte ich Portugal jetzt schon nach, das kann ich sagen. Im Januar wieder in München zu sein, war natürlich auch eine ganz schöne Umstellung. Es lag etwas Schnee und ohne Mütze und Schal ging niemand vor die Tür.

32. Blick zurück – Gedanken –

Jetzt war Zeit zum Durchatmen und zum Ankommen. Doch wie waren konkret die Gedanken über das Erlebte im Ausland?

Wir haben viel Unerwartetes erlebt, viel Neues dazugelernt und eine Bereicherung der Denkweise erfahren.

Wir haben neue, freundliche Menschen kennengelernt, wir haben die Mentalität der Portugiesen kennengelernt und wir haben ihr wunderschönes Land in den meisten Teilen bereist. Porto und seine Umgegend sowie Nordportugal kennen wir jetzt gut und haben viele positive Augenblicke erlebt sowie schöne Erinnerungen mitgenommen. Wir haben Porto näher erkundet und speziell der besondere Blick vom Flussufer auf die Stadt hinauf wird unvergessen bleiben. „Vielleicht wird Porto später mal vom Tourismus entdeckt werden", ging es mir durch den Kopf. Dies ist ja dann später auch so gekommen.

Wir haben Spanien und die Mentalität der Einheimischen etwas kennengelernt. Es gab für uns unvergessliche Momente, speziell am Atlantik, die uns für immer in Erinnerung bleiben werden und wunderschöne Momente mit Portugiesen und anderen Nationen verbracht. Wir haben ein Land näher kennengelernt, welches uns gastfreundlich aufgenommen hat.

Wir haben nie Fremdenfeindlichkeit erlebt, höchstens Zurückhaltung oder leichtes Misstrauen ob unseres seltsamen Akzentes beim Sprechen. Die ganze Zeit haben wir uns willkommen gefühlt.

Wir haben freundliche Kollegen von Richard kennengelernt und viel zusammen erlebt. Wir haben verschiedene Sprachlehrerinnen erlebt und uns auch gut begleitet gefühlt in dieser Zeit.

Es gab für mich auch dunkle Momente, wo mein Kampfgeist an manchen Tagen etwas schwand, und es mir schwerfiel, mich durchzusetzen und ich mich alleine gefühlt habe. Manchmal fühlte es sich auch etwas komisch an, so ohne Arbeit zu sein, aber das ist meine ganz persönliche Erfahrung gewesen.

Wir haben Sturm und viel Regen erlebt und im Haus gefroren. Wir haben im Mantel im Restaurant gegessen, wir haben aber auch wunderschöne Abende in den vielen guten Restaurants des Landes verlebt.

Es war uns möglich, viele verschiedene Facetten des täglichen Lebens vor Ort kennenzulernen und tiefe Einblicke in die Charaktere der Menschen vor Ort zu gewinnen. Manchmal, so schien es, ist der Portugiese gar nicht so anders als der Deutsche, vielleicht etwas schüchterner.

Wir haben uns als Hauseigentümer gefühlt und die Terrassen genossen, aber wir haben auch die immer nachts bellenden Hunde ertragen müssen und gelernt, dass Lärm dort anders definiert wird als in Deutschland.

Speziell für unseren Wohnort war sicher die Lage 800 Meter vom Ozean entfernt zu sein, speziell und traumhaft, so dass für uns das Erlebnis durch die Feuchtigkeit und das Klima in Meeresnähe geprägt war, im Guten wie im Schlechten. Es war eine neue Erfahrung für uns gewesen, in einem Dorf zu wohnen, aber eine gute. Die Nähe zur Kleinstadt *Vila do Conde* in fünf Kilometern und die Nähe zu Porto in 25 Kilometern war eine für uns perfekte Mischung, stellten wir fest. Dies würde sicher auch für die Zukunft Maßstäbe setzen, wie wir wohnen wollen.

Die Sprache des Landes zu sprechen, ist meines Erachtens notwendig und wichtig, um in ein neues Land wirklich eintauchen zu können. Hier haben wir uns bemüht und auch Erfolge gefühlt.

Ganz wichtig ist die Erkenntnis für mich, dass ich es geschafft habe, in der Zeit des Aufenthaltes einen sogenannten Plan B zu entwickeln. Es gab unerwartete Probleme und ich wusste anfangs nicht, wie ich damit umgehen sollte. Ich war gezwungen, über mich nachzudenken und neue Lösungen zu finden.

Als sehr hilfreich habe ich die Unterstützung meines Mannes empfunden. Er hat mich ermutigt, etwas Neues auszuprobieren und mir im Verlauf auch immer wieder Mut zugesprochen. Wir kannten uns vor dem Auslandsaufenthalt noch nicht so lange und sind in dieser Zeit zusammengewachsen, bedingt durch die vielen Hochs und Tiefs, die wir zusammen gemeistert haben. Jeder war bereit, dem anderen zu helfen, auch mal Kompromisse einzugehen und die Bedürfnisse des anderen zu berücksichtigen. Es war ein schönes Gefühl, den Aufenthalt gemeinsam geschafft zu haben.

Die Entscheidung, etwas zu wagen, hatte viel Positives bei mir bewirkt und der Computerkurs wie auch das Fernstudium haben mich definitiv bereichert. Ich habe beides durchgehalten (zudem mit guten Noten abgeschlossen), darauf bin ich stolz.

Es hat sowohl meine Willenskraft freigesetzt, wie auch meine Neugier geweckt, neue Wege, Erfahrungen und Projekte zu entdecken und auch umzusetzen. Jetzt plötzlich Lehrkraft zu sein und diese Erfahrung machen zu können, war eine fabelhafte Sache, ebenso wie kleine Übersetzungen machen zu können. So ging ich, inspiriert durch die neuen Arbeitsfelder, guten Mutes in die neue Zukunft.

Einen weiteren Auslandsaufenthalt, eventuell in einem anderen Land, schloss ich damals nicht aus und war erst mal zufrieden mit mir und dem aktuellen Standort.

Wir werden sicher gerne nach Nordportugal zurückkommen und schauen, was sich verändert hat und auch gerne Madeira oder die Azoren im Urlaub bereisen. Dies sind in unseren Augen wunderschöne Reiseziele, eben etwas anders als auf dem Kontinent mit ihrem ganz eigenen Charme.

Wir werden dem Land immer verbunden bleiben, ist es doch ein Teil unserer Lebensgeschichte geworden.

33. Epilog

Ich habe in der Tat in München als Sprachtrainerin einige Jahre arbeiten können. Ich habe Trainings bekommen und viel gelernt. Es hat Spaß gemacht, Menschen aus anderen Ländern und Kulturen kennenzulernen. Dies sind tolle Erfahrungen, die ich nicht missen möchte.

Einige Jahre später sind wir tatsächlich nochmal an den gleichen Ort für einen weiteren Auslandsaufenthalt zurückgekehrt.